13

All about Love

13

All about Love

分離，只為與你相遇

13 All about Love

Stand by me.

KAI 著

Chapter

分離，只為與你相遇

Stand by me. by KAI

序曲／把我放在你心裡的一個專屬位置，好嗎？

眼前佈滿濃稠的黑，溫度、光亮、顏色甚至時間都被無窮無盡的黑給捲曲吞沒，沒有未來，沒有過去，沒有生物也沒有上帝，甚至連自我都不能確定是否存在。這樣的情況不曉得持續多久，直到我聽見一股漸層式的低吟聲響，就像在深海核子潛水艇內連續呆板聲響，不過因為這樣我才能感受到自己的聽覺恢復，試著用還能夠控制的聽覺來探索那聲響的中心點，發現那低吟聲不像是從某處為中心點散發出來的，而好像是這整體的黑所發出來的共鳴，我開始移動腳步彷彿想要向黑挑戰將自我身體的主導權給奪回來那樣倔強，緩慢帶點煎熬的奪取，原來，要控制自己身體這樣基本的權利變得如此困難。好不容易跨出了幾步，一陣乍寒，冷得我不由得縮著脖子打寒噤，印象中沒有經歷過如此的低溫，原來我還沒死，還沒化成微風和河流與世界融為一體，但這樣是好是壞我無法判斷。瞬間，我能看見淡淡青色的光點在前方不遠處，而且我每前進一步那光點就大一倍，我的眼球再用力一些，那光點又放大成一個面，我皺眉一陣子，光影從模糊到清楚漸漸浮現一個形體，我馬上就認出來了，那是一個人，一個再也熟悉不過的人。

「還記得我嗎？」晴蕙說。

「當然。」我說。

一隻巴掌大簡直就像用海水的藍所染透的斑紋蝴蝶從我們之間穿梭飛向遠方，消融在那光面中。

甦醒……原來是夢，這幾年來到底作幾次相同的夢了。

「當然。」……我在夢醒之間說出這兩個字，眼睛還是緊緊閉著。

時間大概是在早晨六點十分左右，電車經過兩大樓中間的高架橋上發出令人不悅的聲音，我趴躺在床面上，頭與身體都陷進一半，像是屍體（其實從我爛透的生活看來也的確如此）。

一般來說這個時間呢，大概是老先生已經汗流浹背剛從公園運動回來，享受著桌上老太太所買的油條還有不加糖的豆漿，要不然就是偷情的男人剛從情婦家裡起床，躡手躡腳的想趕快離開，而我則先是努力的睜開右眼，停住，直到接下來第二次電車隆隆的經過我才將雙眼睜開，張開左眼時就開始劇烈的頭痛，此時嗅覺也漸漸恢復，我深呼吸一口氣，就像斷氣後幾秒鐘又奇蹟式復活的人，我嗅到渾身酒味以及菸味還有混雜著莫名其妙的香水味，我感覺到在我趴著的左手邊也就是在我躺平時的右手邊有股溫熱感，此時聽覺也漸漸恢復，我聽到輕微的呼吸聲，應該不會錯了，我旁邊有個女人。

我雙手撐起我的身體想看看那女人是誰，但隨之而來的是頭痛、暈眩，根本還無法回想昨晚到底發生什麼事，那女人往右邊側睡過去，我看著她的側臉以及從棉被裡露出來修長的小腿，然後盡可能的回想，有了三個答案，Mandy？Gladys？露露？我想第三個答案最接近，是露露吧，接下來就是昨晚發生什麼事，啊，我想起來了，是第二次見面的網友，相約去夜店後吃完宵夜又續攤兩個人坐計程車回到單身公寓裡，然後接下來是什麼……我環視四周一會兒，伏特加空瓶躺在床邊的矮桌，另外還有剩下半瓶的紅酒站立著，三罐被壓變形的海尼根以及一盞蠟燭、兩個酒杯，其中一杯還有寓意式的口紅印，而蠟燭的火苗還繼續在燃燒著，我想這光景大概可以勾勒出昨晚的畫面，我不想去想，腦袋裡也沒有空間。吹熄蠟燭，我緩緩起身到廁所轉開蓮蓬頭，頭暈，雙手撐在白色的格子狀瓷磚上給身體一些力氣，水嘩啦嘩啦從頭頂潑灑下來，四十度左右的熱水覆蓋在全身每吋皮膚上，我卻沒有溫暖的感覺，就好像穿著雨衣淋雨一樣，淋了一會兒，我掀起馬桶蓋就這麼吐了，眼淚也流出來，是因為喉頭哽住不舒服而掉淚還是因為心情難過而掉淚我也不清楚，腦袋裡浮現幾個篇幅般的舊日回憶讓我越來越感到不適，嘔意又再讓我的身體持續痙攣吐著。

叩！叩！浴室的門被敲兩下。

「走囉！對了，桌上的錢借我，大概有兩千……五百塊吧，我必須趕著上班了，下次再還你。」露露說。但我沒回答她，腦袋持續痛苦著，胃部也很不舒服，然後我聽見大門被關上的聲音。

洗完澡後出來，床上還留有凹陷和陌生香水味以及未帶走的絲襪，錢被拿走了，這感覺真的很像召妓，我捏捏太陽穴，然後將絲襪、空酒瓶、吹熄的蠟燭、莫名其妙的食物全部一起丟進垃圾桶裡，然後拉開紗門走到陽台咬起一根 Caster 3 號點燃，然後從城市裡沒有任何感情的高樓層中昏眩般望出去。

「What the fuck!!」我咒罵性的大喊 聲。

尼古丁沾染我的肺部後變成白色的霧從口中放了出去融進厚重的天空，電車此時又再度襲擊而來，那聲音就像時光的聲響。在我的生命中處處充滿著這樣的聲響，有時候是馬路上的車輛穿梭聲，有時候是傾盆大雨的聲音，有時候則是人們吵雜的交談聲，這樣的聲音總是在提醒我，這一刻已變成歷史，下一刻將毫無預警的襲來，而且在你最沒有防備的時候。那時，我還聽著晴蕙活生生的講話聲，下一刻，她就完全消失了，那就像月球是存在的、火總是熱的這些論點一般的事實，牢不可破，但是到目前為止，我還無法完全將死這個字吸收消化，畢竟那是時光的一部分，不是我本身的一部分。

事發前一晚，二〇〇六年九月二十日，我二十六歲生日，初秋，沒下雨的台北還餘留夏天硬朗的氣味，倫敦呢？腦海裡浮現蓋瑞奇的電影畫面，那陰沉沉每天下雨的英國光景和晴蕙帶著夏天般的笑容實在不搭調。晴蕙從英國打電話給我，雖然我是個容易遺忘許多事情的平凡男人，尤其在酒醉之後幾乎可以將前晚的事全忘記，但不論我醉幾次都無法忘記那天晚上的對話。

「小哲，對不起。」晴蕙祝我生日快樂後就馬上跟我道歉。這是分手後她的第一句對不起，完全沒有必要的對不起，晴蕙以前總是在道歉時才會叫我小哲，這習慣還是沒變。

「喂，為什麼要說對不起，我過得很好，妳也是，半年前分手時妳愛上的是英國而不是別的男人，我想對我來說已經是很好的分手方式，這種情況再好不過了，所以，跟我說對不起這個鏡頭有點太過於矯情做作了喔，卡卡卡，重演一次。」我打趣的回答。其實我真的也沒有怪任何人，分手雖然是晴蕙提的，但我也覺得有必要分開，畢竟還有兩年英國台灣分隔時光讓我早已沒有勇氣去維持，我是個容易放棄的人吧。

「你還是一樣瀟灑幽默，沒有變喔。」晴蕙好像想到什麼似的停頓一下然後又開口。「到這裡來以後，距離讓我體會到一件事情，那就是有些話如果不當下坦白說出來，有可能對方就永遠聽不到了，人與人之間瞬間的距離真的好遙遠，我指的是瞬間的距離，你懂嗎？」我彷彿可以感受到倫敦冰冷空氣和她瑟縮起來嬌小的身軀，我總是喜歡輕易的將晴蕙抱起來旋轉，這習慣什麼時候才會消失呢？

「妳說的是，一瞬間的落差嗎？」

「差不多。大概就是從平靜突然掉到了失望，那一瞬間所產生的壓力差，就像潛水夫突然沉到很深的海溝裡，壓力表數字超標，好痛苦。」

兩人在電話中沉默。我在咀嚼晴蕙的話，晴蕙在想的也許是跟瞬間的距離有關的畫面。

「發生了什麼事嗎?如果妳願意說的話，我想聽聽。」

晴蕙深深的吸了一口氣再慢慢的吐出來，我能想像她圓潤胸部起伏的畫面。

「坦白說，我也不知道，其實什麼事也沒發生，或許是今天被教授唸一頓心情有些不好吧，經常會這樣的，然後想狗，想家，想我的白色腳踏車，想念以前我們一起常去吹風的河堤，想念一些熟悉又溫暖的事物，anyway, I just wanna say sorry。」

「別道歉了，妳沒有任何問題，這一切都沒有任何對與錯，妳擁有蘇格蘭草原和綠洲樂團這樣還不值得開心嗎。妳是小惡魔，我記得惡魔沒有悲傷的權利喔。」

晴蕙笑了，像夏天風鈴般的笑聲，我突然感到懷念。「你的記性還是一樣好。什麼時候陪小惡魔一起去看綠洲樂團的演唱會呢?」

「無期了吧，Noel 和 Liam 兄弟都吵翻天連音樂獎也都不要囉，真搞不懂 Liam 在堅持什麼。理想與現實嗎?」我感嘆的說。

「是啊，連唱 Live forever 這首歌的經典樂團都能解散，還有什麼事物能持續下去呢。」晴蕙淘氣地說。「不過，Liam 是處女座的，就像你一樣，很容易就認真堅持許多事，所以才會導致這種結果吧。」晴蕙笑了。

「不不……我應該是容易放棄的人吧。」

「不會喔，小哲你是個堅強又很有韌性的人，以前是未來也會是喔，每次當你擺出說話認真的表情時，天空就會開始發抖喔，因為星星都被你的吸引力吸引而紛紛掉落下來圍繞在你的身邊，真的喔，我每次都是這樣感覺的。」晴蕙說。

我沒有回答，但卻有點想哭，喉頭熱熱的，因此我沉默了一會兒。

「嘿，小哲。我要你答應我一件事情，這樣我就死而無憾了。」

「什麼死不死的別亂說。妳先說什麼事我再考慮要不要答應，都被妳騙好幾次了，像之前在台中的茹絲葵牛排，墾丁的夏都，然後香港之旅都是被妳騙的。」

「嘿嘿，你忘了嗎，因為我是小——惡——魔。」

我將手心朝下望著自己的手腕，上面曾留有晴蕙的齒痕，當然現在已經沒有任何痕跡，但卻讓我常常想起晴蕙微笑露出雪白的牙。是啊，會咬人的小惡魔，我說。

「我要你答應我，不管以後我們還會不會是朋友，翔哲……把我放在你心裡的一個專屬位置，好嗎？」晴蕙的眼神底下閃爍著星空，我在話筒的另一端這麼感覺。

後來，我因為出差沒去參加葬禮，雖然出差計劃可以排開，但我不曉得該怎麼去面對冷冰冰的晴蕙以及那種哀悽的場面，那大概會使我很混亂吧。其實我大可以哄哄晴蕙，就像昨晚坐在床沿對著露露耳邊給一些挑逗般的承諾就好，可是我卻辦不到，我在電話裡躊躇著，然後手機被一通緊急公事的電話插撥匆匆結束通話，我想我可能對晴蕙是無法說謊的，一旦輕易說出口全身就會支離破碎，所以我才本能性的猶豫吧。

電話掛上，隔天清晨晴蕙就因為酒醉駕車發生車禍，腦部重創昏迷兩天後就撒手人寰，我其實還不太能反應過來，並不像是新聞報導哪個地方又死人了那樣無感，因為那通電話所造成類似後悔或遺憾的感覺讓我覺得有些事永遠無法完成，進而使得我的生命懸在半空中，有時候在清晨、在夢裡、在深夜甚至在跟女人做愛的時候，晴蕙會出現，就好像從未死去那樣，那一瞬間的反應會使我錯亂，然後心裡會非常不安，這樣的不安感讓我不經意聯想到童年時期就因為癌症過世的父親，我想，死除了帶有不能復生的意義外其實還包含很多東西，但我不想在此贅述生與死的難題，因為那已經有太多偉大作家向這個難題叩關過了，我只想真實闡述接下來在命運定調的軌道上所發生的事、所遇到的人，畢竟，這是個現實世界，被針一刺就會流出血來的世界，再多的真理也抹不去流血的事實。

我想說的是：

看似註定命運交會的我們，結果只是為了給彼此上一課然後就轉身離開了，但是，如果沒有遇見那一個人，我們不會知道將要留下來的是什麼。

如漩渦一般的故事從晴蕙去世後滿三年的那一天開始……

之一／惡魔總是說真話

手機上顯示著二〇〇九年九月二十日，今天台北難得有個悠閒陽光的假日午後，我坐在內湖園區一間不起眼的咖啡廳，裡頭有不起眼的女服務生，不起眼的吧台後面掛著一幅不起眼的風景畫，由於一切都這麼不令人注意，所以才能在世界角落裡保持高格調的安靜，這是世界的規則吧我想。今天不曉得為什麼一直想起我與晴蕙在大學生活的日子，晴蕙喜歡散步，我們可以在河堤上面散步一整晚也不覺得無聊，我們聊著各式各樣的話題，雖然到目前為止能記起的對話沒多少，但那畫面卻常讓我胸口如同壓塊大石般的懷念。

咖啡廳裡桃木色的方桌上擺著筆記型電腦、黑咖啡以及吃了一半的奶油蘑菇義大利麵，我並不是很喜歡奶油那種濃稠的味道，但每次看晴蕙吃得津津有味時也都習慣的點它了，電腦旁疊著三本書，三島由紀夫的假面的告白，村上龍的料理小說以及卡夫卡的審判，每本翻了幾頁後就開始發呆，今天不曉得為什麼就是沒有心情讀書，而電腦裡 debug 的進度距離主管預定的目標還差一大截，閃爍著令人討厭沒有生氣平板的黑底白字，望著螢幕心情逐漸壞死，今天到底是……我搖搖頭，索性將筆記型電腦蓋上瞅著落地窗外的行人抑制自己的胡思亂想。

這時一個沒有任何表情的年輕少女剛好踱步而過，感覺以她的年紀不應該有這樣無色表情的少女，她在想些什麼呢，家人、男友還是佛洛伊德和不能承受之輕？這年頭的人們都在為某些牽掛辛苦的活著吧我想，三十分鐘的時間沒有任何改變地流逝掉，除了兩台車庸碌的穿梭而過以外附近沒有半個人走動，正想要放棄繼續觀望時，一台白色 BMW 320 出現在街角然後優雅的停在咖啡廳門口，就像在黃昏時刻靜靜歸港的小船般優雅，白色的鈑金烤漆在陽光的照射下閃爍乾淨的光線，車裡下來的女人大約三十歲左右，由於戴著幾乎遮住半張臉的淡棕色墨鏡，所以從嘴唇的動作來看也算是有什麼牽掛似的無色表情，穿著卡其色的排釦風衣，從風衣下露出的小腿非常修長，讓我想到昨晚的露露，雖然跟露露還不是很熟，但我所能記得的還是她那雙修長的小腿，當然，還有那二千多塊。女人推開不起眼的木質門，掛在門上的來客鈴搭配她的姿態優雅的響起，這時我才發現咖啡廳裡音響正播放著 Michael Bublé — Kissing a fool 也配合著女人高跟鞋的清爽聲響迴盪著。

女人微笑的跟女服務生交談幾句後就輕輕的在離我兩個桌子的位置坐下，女人從黑色 PRADA 包拿出類似產品目錄的一本厚重雜誌翻閱著，雜誌上頭貼了許多定頁標籤，女服務生倒了玻璃杯的檸檬水給她然後再將三明治沙拉放在桌上，女人終於摘下我期待拿掉的墨鏡然後朝我瞅了幾秒，非常乾淨的臉龐，有一顆柔黑的痣靜靜躺在左側太陽穴附近，很適合她整張臉，好像如果少這顆痣整個臉龐都沒光彩似的，眼神溫柔帶著威嚴，但那威嚴的感覺又被她微捲大波浪的長髮洗刷褪色而變得有點親切，感覺年紀大概超過三十，但那時空好像在她身上停留下來不再前進似的，不管是幾歲，她的確是很有魅力的女人。她很快將目光又投到雜誌裡，我發楞的看著然後腦海就跳出畫面，我摟她的腰在 Hard Rock 餐廳的木質地板上輕輕舞著華爾滋，鼻間飄過 CHANEL 的香水味，想到這稍稍的可以遺忘今天灰色心情，今天是……我抓起菸盒和打火機走出咖啡廳抑制自己第二次胡思亂想，咖啡廳外緊挨著的是個四周被辦公大樓包圍的中庭。平日咖啡廳提供上班族午餐以及下午茶的服務，中庭則聚集許多抽菸聊是非的人們，而假日咖啡廳就變成世界最安靜的空城，我坐在中庭的大理石椅上抽 Caster 3 然後想像平日中午時刻那些喝咖啡聊是非的人們模樣。待了大概喝完兩杯咖啡的時間，抽到了第三支菸，女人推開門朝我直直走了過來，這一次，我們眼神交會的時間很長，我試著把眼神變得有親和力些，努力傳送『我了解妳』這樣的訊息給女人，同時我也從女人的眼神中看到善意，對眼神交流這回事我倒是有奇怪的自信，女人走到我面前停下來，如果要算一般陌生人之間的身體距離是稍微近了點，她似乎不介意跟我靠近，但比在PUB裡黏著跳舞這樣的距離算安全，好棒的香水味我想。

「借個火可以嗎？」她的聲音在女人當中算是低沉的，但並不會不舒服，反而讓人有想要安靜的感覺。

「我的榮幸。」我將Zippo鐵灰色打火機轉出火替她的Salem淡菸點著。從排釦風衣內隱隱露出美好的線條。她很自然坐到我旁邊將雙腿俐落的交叉起來，這一動作又讓淡淡香水味湧現。

我們各自享受一段安靜的煙霧環繞後才開始交談。

「黑白千鳥紋的絲質圍巾配灰色V領短袖針織衫是還滿不錯的，但是黑白千鳥紋的圍巾我倒是第一次看見男生戴，還有，你搭配深茶色的休閒褲不太對，all star的鞋也不太符合你的年紀。整體的分數呢，我想我給你七十五分。」女人說。

我看了一下自己，忽然想起千鳥紋的圍巾是晴蕙的。我搖搖頭，想把圍巾拿下來但又覺得麻煩而作罷。

「妳的卡其色排釦風衣搭配黑色高跟鞋在這園區我也很少看過，淡棕色的墨鏡似乎不太適合妳，因為會遮住妳漂亮的臉龐，小腿很美但是有個小傷痕或許穿個絲襪會好一些，黑色PRADA包包似乎太沉重了些，應該要再亮眼一點的顏色會更好，整體的分數我想是……」我停頓一下。

女人曖昧式的微笑後將眼神轉向我。「幾分呢？」

我向天空吐了口煙然後鄭重的說：「一百二十分。」

「貧嘴。」女人的笑聲像爵士樂的慢調大提琴般緩緩送出。

「我說的是真話喔，只有一百二十分的女人才在假日午後悠閒的開著白色BMW320獨自來到咖啡廳看雜誌，我猜不是富二代就是自己有自己的事業，喔不對，是管理能力高明然後擁有多個兼職事業，懂莎士比亞和米蘭昆德拉也懂市場經濟以及供需原則，應該是個全方位強悍女人。」

「米蘭昆德拉。」女人似信非信的用鼻子笑了一下。「我真好奇，相信你說話的女人是多還是少。」

「以經驗來看應該算多數，妳也知道很多人不喜歡聽真話。」

「不過你猜的我認為是真的喔，你知道惡魔總是說真話嗎。」

「惡魔總是說真話？」我問。

「莎士比亞說過惡魔為了陷害我們，往往故意向我們說真話，在小事情上取得我們的信任，然後我們在重要的關頭便會墮入他的圈套，所以啊，我懂我懂。」

女人將菸輕輕在直立垃圾桶上的金屬菸灰盆裡旋轉捻熄。

「妳對自己倒是非常有自信。」我笑了，然後跟女人做相同動作再點一支菸。

「我叫翔哲，軟體工程師，喜歡讀書聽音樂和看電影，非必要的話不會流連夜店和酒吧，妳呢？」我擺出握手的姿勢。

女人輕碰觸我的手掌，出乎意料的冰冷。「叫我Rainy就好，下雨天的那個Rainy，產品企劃，非必要的話不會流連咖啡店，然後我的確還有其他事業，不過那些是……秘密！」Rainy將細長的手指抵住嘴唇微笑，她一笑，太陽穴旁的痣也跟著她笑。

「我喜歡有秘密的女人，也很喜歡下雨，非常喜歡。」

「可是我不喜歡惡魔的圈套。」

「生命本來就是一個巨型的圈套，而人們根本就想要被騙。」

「你真的很有趣，這誰說的？」

「杜斯妥也夫斯基。」

「亂講，他才不會講這麼膚淺的話呢。」Rainy說。

「剛剛說有趣，現在又說膚淺。」我揶揄的說。

Rainy又像低音大提琴般舒服的笑著。「我建議，可以把這句話列在你的獵豔SOP手冊裡的第一句，再加上故事性的敘述，最好每個階段都能夠附上美女的照片，畢竟這世界是有圖才有真相，然後呢，以半自傳的小說出版，這種獨樹一格的作品一定能賣得好，最後再繼續乘勝追擊推出周邊產品，畢竟現在什麼東西都要搞周邊，然後再出續集和新的周邊。」

我驚訝的瞪大眼。「到目前為止妳剛剛說的，我有聽錯嗎？」

「沒有，而且這只是最初步的企劃。」

「後來如果不賣呢？」

「很簡單，只要再下一帖猛藥保證能大賣。只不過這猛藥必須要犧牲一些東西。」

「什麼東西？」

Rainy 將眼睛瞇細然後非常鎮定的說：「你想像一下某一天新聞的標題上面寫著『風流暢銷作家翔哲為愛輕生，令讀友們唏噓不已，已有許多讀者號召為翔哲哀悼的快閃行動，在各大書局內也吹起閱讀翔哲作品的風潮。』你看，這不大賣才怪。」

我深吸了一口菸然後緩緩吐出來，語氣帶點恐懼的說。「如果，妳所謂犧牲的一些東西是這個……那我也沒有什麼話好說。Rainy 企劃。」

「謝謝。」她滿足的說。

我們又各自吞吐一陣子雲霧，Rainy 很珍惜的一口一口將手中的菸抽完，我想如果滿足的表情可以量化，我想我抽菸的滿足表情大概是五分，Rainy 則是十分。

「有榮幸和妳進去共桌喝杯咖啡再聊聊嗎？」

「我說過非必要不會流連咖啡店的。」

「那現在是必要還是非必要？」

「那要看從哪個方面來談。」

「以我現在非常想要淋雨的方面來談。」

「惡魔……會喜歡淋雨嗎？」Rainy 突然將臉龐湊近我很仔細的望著我的雙眼，她乾淨的單眼皮和微微上彎的睫毛眨動著。我想她聽懂了，這時我必須要小心回答。

「那要看，雨是怎麼個淋法囉，是綿綿細雨還是傾盆大雨，我都喜歡。」我將身體壓到她的耳朵旁用挑逗性的氣音說。

「很好。」Rainy 好像想到什麼似的站了起來，然後從右邊口袋裡遞給我一張珍珠白的名片，名片樣式非常簡單，正面的正中央寫著『Rainy』，背面的正中央寫著十位數的手機號碼。

「那，有機會一起淋雨吧。」她抬頭望向天空。

「可惜今天一整天的晴朗，看來要下雨的機率並不大，不過我應該可以想辦法。」我也望向被大樓畫出的方形藍色屏幕。

Rainy 點點頭。「今晚會下雨，不過不知道是什麼雨，希望是我喜歡的那種綿綿細雨，喔不是，是一定要我喜歡的，否則那可就傷腦筋了喔。對吧。」

「絕對會是妳喜歡的雨，會把所有景色和身體都染溼的雨。」

「很好。」Rainy 結束對話。

她將第二支菸捻熄後一句話也不說就乾脆的從正門離開，白色BMW320的引擎像是在暗示什麼般發出好聽的聲響，我的心好像破了一個大洞，深深的黑黑的，我好像飄浮在黑洞裡使不著力，因為Rainy一走，晴蕙就隨之而來，我撫摸著千鳥紋圍巾對自己感到很厭煩，晴蕙好像站在身後用哀傷的眼光看著我，我，一個二十九歲擁有正常生理的異性戀單身男性在星期天下午跟陌生女子作挑逗性的對談，或許會害羞而語無倫次，或許會被賞冷水，或許有機會豔遇，畢竟這幾年也遇過太多形形色色的女人，對於這點我並不陌生也很能掌握搭訕的節奏，這就是所謂的本能性嗎？好疲憊……我彎下腰將雙手捂住臉深深的吸了口氣把肺脹滿，閉上眼暫時停止呼吸，時間靜止了，沉入水面探索自我黑暗的底層，在那裡的我厭惡自己，厭煩沒有靈魂的生活，厭倦像磁鐵分分合合般廉價的關係，耳邊傳來夏天的風鈴聲讓我難受，可是這並沒有維持很久，停止呼吸後的三十秒我又開始大口吸氣，我張開眼，時間被轉上發條後滴答的轉動，陽光依舊影響陰影，月亮依舊影響潮汐，我浮出水面，試著回神想想Rainy，此刻一陣風吹過，樹葉搖晃著發出時光的聲響，下一刻又是什麼？

晚上參加同事的送舊聚會，那是在東區擁擠的小巷子裡一間擁擠的燒烤店，一如預期般的無聊，同事聚集的場合就是充滿阿諛奉承和冰冷笑話的地方，沒有任何一件新鮮有靈魂的事物，坐在後面那桌一個穿著俗氣長得像美國棕熊的課長不斷向要離職的經理敬酒奉承，棕熊說沒有經理帶領部門的話部門就不會有今天的高績效，要離職的經理拚命的喝，其他工程師則拚命的幫經理擋酒，坐在旁邊長得像幾天沒吃飯的獼猴的資深工程師不斷抱怨著今年股票發的少，要是早一年跳到其他公司現在已經買房子了，對面兩個滿臉痘痘的同事互相比較著誰的iPhone比較漂亮，前幾天又買了幾項CP值非常高的3C產品，只要有一方買的東西高過另一方，那另一方就會再拿出更高單價或是質感的東西壓回去，有時候我很好奇他們的人生，竟然能對某一件無聊的事物用無聊的方法來作循環，碰到死路的時候大家就用哈哈大笑不然就是巴結一番帶過，這些到底有什麼意義存在，就像在空氣中再增加更多空氣進去一樣，我不懂，是不是有時候很多事情用道理是無法解釋的，就像這種無聊的人際關係一樣。

我漫無目地在炭火爐上翻著牛舌，一面喝著麒麟生啤酒，一面用叉子翻動日式沙拉，耳邊都是群眾的喧嚣聲，那使我越來越感覺孤單，但那孤單又好像是一種習慣了。隔壁第三桌某個不熟的同事突然乾脆地吐出來，大家忙著處理混亂的場面，我想這正是好機會，於是我乾脆的抓起菸盒和柴油打火機走出門外，東區後巷子裡充滿著並排停的機車，然後很不搭調硬是要擠進來的賓士 E300 按著不客氣的喇叭聲，穿著衣服布料少得嚇人大概正準備去夜店的女孩們嘻笑穿梭著，香水味從遠方就飄過來，而她們看起來也不過高中生的年紀而已，對面一間服飾店裡的一個穿著時髦的男店員只要是男顧客進來都不太理睬，布料少的女孩們一進去他馬上就露出親切的微笑，喫茶店裡的男男女女大聲喧嘩著，一面講著我聽不清楚的語言，一面打著撲克牌不然就是划拳。我抽菸望著這些光景，一直在懷疑著我是不是進入了另一個世界，我對這些光景怎麼這麼陌生，隨著人們移動，刺耳的喇叭聲和莫名其妙的酒味和香水味還有汽車排放的廢氣味一直包圍著我，使我漸漸感到混亂起來，如果現在就在河堤旁邊該有多好，河堤旁……正想到這時，背部就被拍打了一下。

「嘿，Chap，你怎麼會在這？」

叫我 Chap 的只有同事不然就是在那中庭裡的菸友，進公司時要取英文名實在讓我很困擾，我本來想取 CHE，因為大學時看完《革命前夕的摩托車日記》就非常崇拜切・格瓦拉，而CHE跟我的名字哲讀音也相近，但後來還是放棄，CHE這名字除非生活在南美洲，不然在亞洲還真有點難叫，所以我改成了Chap，但也常常被同事用Cheap來叫我，常常開「Chap，你的名字好Cheap喔。」那種沒辦法笑出來的玩笑。我回過頭，那的確是菸友也算是我唯一的菸友，他的名字最後面是個飛字，大家自然而然都叫他阿飛，我們一起抽過幾次菸，週末時跟他去過幾次夜店，他在夜店就像一隻獵豹，靜靜觀察獵物的動靜然後準備出手，一出手就絕對成功。而工作上我能感覺到他也是個非常厲害的傢伙，從英國讀完碩士回來在我們公司對面棟的大樓某家外商集團上班，才三十二歲就當上產品經理，人面廣，手腕強，之前在抽菸時就曾看著他對自己的iPhone用很冷酷嚴厲又不留情面的方式罵人，那幾乎讓我感到是恐嚇般的罵法，而下一通電話進來，又馬上將腰彎低非常禮貌溫和的向人道歉，道歉完後掛上電話又若無其事的跟我聊天，好像什麼事都沒發生似的，這樣的人會跟平凡的我變成朋友一直讓我覺得不可思議。

阿飛的感情生活很神秘，或許是跟我還不算太熟所以都一直不說，講到女人他只會用分析法來聊，像是射手座的女孩怎麼樣，A型的和B型的女孩怎樣，在夜店上班以及在飲料店上班的女孩有什麼不同，但絕對不說他跟她們有什麼關係，雖然有時候他會像展示商品一般秀出他認識的女人，但在那同時他也很保護那些女人，不希望帶給她們任何的困擾，點到為止。阿飛幽默開朗中帶有厚實謹慎，生性善良但有時又令人恐懼，或許某些方面跟我類似，但他是屬於等級比較更高一些的人，就像同是紅酒又有分產區，產區又有分河流的上游和下游，他大概是屬於最上游因為水質清澈而被蓋上紅色印泥般的高等級印記。

「阿飛哥好，真巧。」我向他點點頭致意。

「哎呀，別三八了，來這幹嘛？」

「有經理要離職，送舊聚會。」

本來也想要問他來這幹嘛，可是我卻一點也不想知道所以沉默。

「無聊又不得不參加的聚會，對吧？」阿飛拿起細長金色的打火機為含在他嘴上的綠好彩點著。

「很多事情的確是無法選擇的。」

「錯，我倒覺得所有事情都必須要做選擇的。」

「例如什麼？」

「例如愛情。」阿飛說。

阿飛將整齊的牙齒露出，然後慢慢的將煙吐出。「天氣又冷了點喏，這些小女孩們還真是一年四季都不換衣服呀。」阿飛的眼神忽左忽右的飄著觀察走過的人群。

「犧牲小我，造福人群。」我說。

「才不，這是一種催眠行為，對自己和對旁人的催眠。」

我低頭思考他說的話，阿飛說的話總是讓我思考一陣子。

阿飛敲響手指。「我喜歡的女人，跟這裡打扮得像妖精催眠師的完全不同喔，我喜歡平平淡淡的女人，身體不怎麼光滑不怎麼敏感，但是多了份哀愁般的餘韻。」

「哀愁般的餘韻？這是什麼形容詞。」

「就是啊，這種女人的身體是可以作溝通的，像鎖骨、乳房、腰部以及臀部，它們會對我說不用仔細以及小心，它們了解我正要對它們做什麼事，我用力，它們便用力的回應我，我輕巧，它們便輕巧的回應我，有股淡淡的被時間撫弄過受過一點傷的哀愁回應著我，它不任性，也不需要仔細呵護，因為它們了解的喔，它們經歷過太多事情了，身體的每一處都是一個故事，它們就像靜靜起伏的山巒捧接著靜靜落下的雨般了解我，我這麼說你能了解嗎？」

我笑著望向有帥氣臉龐的阿飛。「怎麼可能了解……」

「Chap 老弟，生命是該浪費在美好事物的。」阿飛伸出手看他手腕上的天梭錶。「怎麼樣，如果覺得無聊要不要跟我去 Code，我等一下進去把帳結了就可以走，我也有一個無聊的聚會在裡頭，而且 Code 裡我有認識的人順便幫你找個女孩子如何？」

「也好，今天需要一些喧鬧來填滿自己。」

「怎麼，今天什麼日子？」

「有點複雜。」我說，阿飛笑了一下就不再多問。

推開 Code 厚重的門，音響正放著 Nelly Furtado — Promiscuous，人還不是很多，稀稀落落穿插人群嘻笑著，幾個阿飛形容的妖精催眠師拿著手機以極快的速度四處穿梭繞圈子，一下子包廂一下子舞池，一副非常神氣的模樣，幾個男人站在吧台眼睛像飛彈定位系統一般快速掃瞄，尋找著他們想要轟炸的領土，紫色和藍色的投影燈隨機落在每個人的臉龐上，似近而遠、似真而假的夜店模樣。吧台後站著一位看見阿飛就對著他笑的馬尾女孩，年紀也非常輕的樣子，只是黑黑濃濃的眼影和誇張的假睫毛就像戴了張面具般讓人猜不著謎。

我坐在吧台角落點一杯蘇格蘭威士忌，阿飛說要去幫我找女孩然後開始跟馬尾女孩聊天喝酒，我看了看手錶，以為已經過了今晚，但是指針指著十點二十分，今天到底什麼時候才會過去啊我心想，好像一條永遠走不完的路似的，時間一分一秒像用雕刻刀般細細刻著，我感到有點心浮氣躁，於是我猛喝兩杯威士忌試圖軟化些什麼，但好像沒有任何用處，覺得頭暈後又加點雞尾酒喝，接著再點玻璃碗的腰果，吧台裡一個年輕男生說因為是阿飛朋友所以招待我，我說謝謝，然後就用打火機點菸吃腰果，馬尾女孩挽著阿飛的胳膊走過來。不到半小時的時間阿飛腳步已有些蹣跚，大概喝了相當多的量，但還是看得出來其中有很穩定的成份在，並不會因為酒精而亂了分寸，他以開心的表情對我笑著說抱歉，今天馬尾女孩的姐妹還在醒酒都沒來，請我自己處理一下，我回說沒問題你們忙。

接下來不曉得又過了多久（其實也才差不多十幾分鐘的光景），人群越來越多，接近十一點左右進來四人一組的女孩們在靠近舞池旁的圓桌站著，四周暗處裡的男人飛彈發射，圓桌就被包圍了，舞池、包廂、吧台旁也大概是呈現這樣的狀況，環視四周，好不容易看見有個落單的女孩，我上前搭訕後才發現是在等男友，是個幼稚園老師，當然，是不是真的也不重要了，畢竟很難想像她追逐著小孩的模樣，我請她喝酒，她點了一杯 White Russian，看起來很像牛奶，我敬她一杯 Tequila Shot，她說要去跳舞，然後我付了錢走出門牽車。

我不時注意手錶裡的時間，可是時間就像黑暗洞穴壁上的某種黏稠生物執拗的不肯滑落下來，酒醉大概到了一個程度，今天就不回家了，我開往附近的《夜》Motel，從入口門房走出來的小姐看我一眼就迅速的給我固定房號的房卡，需要付的錢已經有固定的信用卡號碼結帳，我只需要簽個名即可，我是個喜歡住旅館的人，旅館有一種令人完全在異地放鬆且不用負責任的感覺，當然，也方便解決為數不多的露水情緣，你也許會說我很骯髒、很隨便、很花心，無所謂，反正哪來這麼多一生一世呢？自從晴蕙死後，對於這類的事我逐漸都丟棄了，都不太在乎了，但聽到這裡，你也許又會說那只是俗氣的濫情藉口，我想也無所謂，反正能活著就多少都會為自己找藉口，濫不濫情都一樣。

洗完臉我坐在床上喝著袖珍瓶威士忌，在 Code 累積的醉意已經使我昏沉，現在的我又往更黑暗的洞裡鑽，我翻開手機找尋能夠講話的人，有結了婚的，不行，有交了男友的，不行，有恨我恨到入骨的，這更不行，最後我打給 Rainy。響完三聲後接起電話，好像準備好似的很穩定的聲音。

「Rainy。」我說

「翔哲。」Rainy 很自然的回答。

「今晚下雨了，綿綿的細雨降落在很柔很柔的草地上。我們有機會一起淋雨嗎？」

「你在哪裡。」

「我也不知道。」我說，混沌的腦袋無法控制自己說出的話語，Rainy 沒有接話等著我的回答。

「我在《夜》Motel，內湖，基湖路……」

「我知道了。」Rainy 截然的說後就掛斷。

Rainy 到房間裡來時大概是很久以後了，我已呈現半意識狀態躺在床上不停胡言亂語，不停的說對我來說、在我看來、我認為等等，她只靜靜坐在床邊用她左側臉上的痣對著我，美麗成熟的側臉在房間昏黃的燈光下和酒精作用下更顯得遙遠模糊，簡直就像是古典印象派的畫一般。

「妳知道什麼叫作命運交會嗎？一般人稱為緣份，我認為所謂的命運交會只不過是中古世紀宿命論的謬誤，因為沒有了期待，只好寄託在命運身上，對我來說，命運交會就像是一根蒼老的白髮，在一個轉身的瞬間就能夠讓它支離破碎，什麼生生世世，什麼滄海桑田，砰的一聲就破碎了，真的是砰的一聲喔……」我又灌進兩口威士忌，嘴唇熱烈卻又乾渴，Rainy 還是不說話，她一樣穿著卡其色排釦大衣，將她細長的手指抬起來觀察著，房間裡依舊安靜。

「在我看來，**破碎的不是命運交會的本身，而是它存在的價值**，我們活在海一般的世界喔，所有堅固的事物都已經不復存在了，一切神聖的事物都被褻瀆了，哈哈，我記得馬克思也說過這句話，堅固的事物粉碎落入海裡，命運交會這東西早就沒有存在的價值，因為都太容易取得了呀，今日交織糾結在一起，日出日落後又像平行線般冰冷，分分合合的廉價關係，Cheap，哈，我的名字好Cheap，無聊的笑話，無聊的生活，看不見道路的人生……」我翻到床的另一邊嘔吐，但吐不出什麼東西來，只有身體持續使力撐著，我想 Rainy 現在一定很不耐煩吧，無緣無故到一個陌生醉漢旁邊聽他講醉話，她一定心裡覺得莫名其妙，我也覺得莫名其妙，但她不說話並不會讓我覺得不自在，反而讓我越說越多。

「……我終於明白，為什麼消沉的人無法重新站起來了，帶著受傷的表情消沉下去，其實非常輕鬆吶，雖然一開始會為了挽回而有所掙扎，但馬上就會變得毫無意義，感覺曾經努力過的那個人不是自己，而周圍的人也不再對自己有所期待，之後，就可以變得好輕鬆了，放棄是全世界最簡單的事喔，就像飛在雲端上的羽毛一樣，羽毛哪裡來的包袱呢。」我一邊說一邊把手抬起來搖晃。

Rainy 將我扶坐起來，讓我喝下一杯熱綠茶，用熱毛巾輕輕仔細擦著我的臉，接著將我的針織短袖上衣脫掉，換過幾次熱水也幫我的上身擦過一次，然後再幫我穿回衣服扶我躺下，這一連串的動作對我來說簡直是怪異得不得了，但卻又是這麼自然得不可思議，我抱住她試圖暗示些什麼，她靜止不動，但我能感覺這絕對不是含有性慾成份的擁抱，反而有種原始母愛般的溫柔，小學時父親因癌症病逝，母親改嫁到台中，我已經很久沒有感受過這樣溫柔的擁抱，我將頭埋在 Rainy 卡其色大衣襟前，嗅著她獨特的香水味，心逐漸被融解。

「生日快樂。」Riany 在我耳邊說。

胸口啪的一聲撕裂，頓時我好像被吸入一個巨大的漩渦，全世界的聲音也都好像被吸入這個暗流中，身體變得好沉好沉，我們無聲的擁抱一陣子，Rainy 起身離開，房門被輕輕關上的時候，我的視線隨即被溫熱的白色薄霧佔滿，我被遺棄了嗎？我雙手蓋住眼睛，淚水便沾溼手掌被擠壓往兩旁流下來，我嘆了好幾口氣，接下來什麼也不記得的往柔軟的無意識裡沉陷進去。

隔天我向公司請了假，在經歷過怪異情緒亢奮的星期天後不得不讓腦子冷靜放空下來，棕熊主管哦的一聲就把電話掛斷，雖然我經常請假但從來也沒讓工作delay過，所以我跟棕熊主管間還是有那麼一點點默契在，他知道我就是那種工作起來就沒完沒了的人，但同時玩樂起來也是沒天沒地的人，而且另外還有一點就是其實我並不缺錢，所以曾經斷然的離職過，這點棕熊很清楚，最近因為人力缺乏又被徵召回來，這在科技業裡早就已經習慣成自然，棕熊常對我說：沒有永遠的朋友也沒有永遠的敵人。而不缺錢的原因說起來悲哀，因為我的身後還有父親去世後的壽險、醫療險、癌症險金為數可觀的存款，雖然有一大半拿去還清父親罹癌時的醫療費用，但從事金融業的父親年輕的時候就已經有縝密的保險概念，所以剩餘的保險金金額只要不亂花是可以度過很長一段時間，我盡量不去大筆的動用，因為每次在不得不動用存款的情況下都會想起醫院的景象，難聞的藥水味，醫生定期的告知狀況變差，父親痛苦的表情以及母親失望的眼神，而由於父母親差了十歲又很晚才生下我，所以我對父親在世時的印象不深，雖然不是完全沒有，但是要想起關於父親的畫面對我來說還真是一大難題，記憶中爸爸喜歡釣魚，在記憶的底層裡我尋找到他抱著我拿著釣竿的畫面，手掌的溫暖和沉沉的釣竿算是我對家裡唯一溫柔的回憶。

後來我跟著母親到台中生活六年，那六年對母親來說應該是很快樂，但對我來說簡直是只有空白可言，繼父我都叫他叔叔（我從沒叫他爸爸過），是個在台中擁有許多不動產然後因為土地開發案而致富的土財主，在我眼中他跟電視上有錢的俗物沒什麼兩樣，他非常喜歡跟母親單獨出國遊玩，也因此我常常一個人在家面對著那些從國外帶回來的圖畫以及雕像發呆。他有個女兒已經在美國生活幾乎沒回來，互相都為喪偶身分的他們簡直是一拍即合，大概也是因為看上母親還正值風韻猶存的年紀吧，也許就像阿飛講的哀愁般的餘韻吧。

我正按照以往宿醉的經歷努力回想前一晚發生的事，但有點失憶，除了馬克思和 Rainy 對我說生日快樂以及幫我擦身體之外，其他記不太清楚，我好像有說話又好像是 Rainy 有說話，模模糊糊的，我起身揉揉太陽穴，對了，她怎麼會知道我的生日是九月二十日，臉頰明顯感覺到淚的痕跡，我搖搖頭走進旅館浴室，今天實在需要放空不適合思考，怎麼星期天會發生這麼多的事呢。洗完澡刮完鬍子從浴室走出，公司打了通公務性的電話給我，我簡單交代幾聲就掛斷，隨手查看了一下簡訊才發現有通簡訊我未曾看過但卻標示著已閱讀的狀態，那是個陌生的號碼。

『生日快樂。欣蕎』

欣蕎？！她是誰，我閉上眼搜尋回憶之井的深深深處，有個影像漸漸浮現上來，但浮上來是晴蕙的臉龐，不，不是，回憶畫面再度重整，我的頭好像有種不祥預感般開始隱隱作痛。

之二／要得到愛情的滋潤就要有被愛情刺傷的勇氣

欣蕎，是晴蕙的親妹妹。當我想到的時候，晴蕙的臉龐就毫不猶豫地出現在我面前，時光的聲響好像又在我的耳邊轟隆隆作響。

□

一九九九年九月二十一日，南投發生舉世震驚的九二一大地震，我在台北讀大二，那晚我跟晴蕙有了第一次的談話，瞬間，心中的湖泊也發生微妙地震。那個夜晚，一陣暈眩般的劇烈搖晃後學生們紛紛都跑出房門到宿舍的廣場前，接著隨之而來的是大停電和此起彼落打著手機報平安的聲音，初秋九月的風吹拂著木柵山區的芒草發出細細的聲音，沒有月亮，由於遠方城市發出微弱的光線，所以即使四周很暗但並不會完全看不見彼此，但還是聽得到有些女生可能因為害怕而發出啜泣的聲音，輪值的教官用手持擴音器宣佈暫時先不要進宿舍盡量遠離建築物，待情況弄清楚之後再通知大家下一步的動作。宿舍廣場外有一大片草地和木造庭園椅散落著，幸好台北的九月夜晚還留著夏天熱度的末梢，即使大家穿著輕便也並不覺得冷，很多學生乾脆圍成一圈坐在草地上聊天，有的情侶牽著手穿梭在樹林邊散步，跟室友和同學都不太熟的我一個人坐在庭園椅面向底下微微發光的城市發呆，心裡突然掛念在台中的母親，但他們現正在巴塞隆納享受溫柔的陽光吧，我低著頭笑自己的愚蠢，這樣的掛念太多餘和無謂了。

「嘿，怎麼一個人坐在這兒。還記得我嗎？」晴蕙在我旁邊坐下，把側揹的吉他放在腳邊。

我仔細看著晴蕙，她的身形很嬌小，那吉他感覺對她來說是很沉重的負荷，有著笑起來很好看的虎牙，挑染後的直髮超過肩膀一點點，穿著休閒長褲淺藍色連帽外套的晴蕙顯得非常溫柔。

「想起來了。我們一起修初級日文，妳的位置離我相當遠呢，沒有用力想還想不太起來，記得剛開學時妳的頭髮是燙捲的吧，現在怎麼這麼直。」我的手指在肩膀附近轉了兩下。

「答對了，怎麼樣，現在好看嗎？」晴蕙用手順了幾下她的頭髮。

「非常完美。」我說。

晴蕙笑著將迷人的虎牙露出一半。「你這個沉悶的人也滿會說話的嘛。」

「我看起來沉悶嗎？」

晴蕙點點頭。「剛剛在後面看著你的背影，感覺好寂寞唷。」

我笑了。「是啊，L—O—N—E。」我隨手拿起樹枝在沙地上緩緩寫這四個英文字。

「這還不簡單，看我的。」晴蕙將樹枝搶過來把N的左腳抹掉，沙地上的字變成「L—O—V—E」。

「妳很相信愛情嗎？」我笑著問她。

晴蕙轉過頭將她俏皮的眼眸子瞪大，一副天真無邪不可思議的模樣。「怎麼可能會不相信呢，我只相信愛情。」

我沉默望著她額前被風捲起的髮絲，好像訴說著什麼叫作勇氣。

晴蕙將外套拉鏈拉滿，雙手插進口袋裡。「喂，我問你，剛剛地震發生的時候你腦子裡有想到什麼嗎？」

「川島和津實。」

「川島……什麼東西？」

「正在看川島和津實的Ａ片自慰時突然就地震了，所以從開始到剛剛腦海裡都還是影片裡的畫面。」

「好色！」晴蕙用力打我的肩膀一下。好痛，我說。

「難道我要說，因為地震讓我想到川端康成寫伊豆的舞孃時看見雨水落在溫泉上面的心情嗎？」

「這樣說倒不賴，不過我最喜歡的是他寫的抒情歌。有空你一定要看看，很棒喔，會掉淚的那種。」晴蕙笑著向天空望去，若有所思。「嘿，那你知道我在想什麼嗎？」

「發生地震第一時間就將吉他抱出門的女孩大概只有妳吧，除了想吉他外還有什麼。」

晴蕙笑著搖搖頭。「地震來的時候我很害怕喔，所以整個腦袋都在想，如果不能談個美好的戀愛就死去多悲哀啊，心情難過得不得了。」

「所以妳就搬吉他出來了？」

「是的。」晴蕙點點頭。「既然不能談美好的戀愛，至少要彈吉他唱首喜歡的歌再死吧。」

「妳真是個奇特的女孩呀。」

晴蕙發出夏天風鈴般悅耳的笑聲，好聽得令人心疼。「你呢。相信愛情嗎？」

「愛情嘛……我不是很會回答這類的問題。」

「**要得到愛情的滋潤就要有被愛情刺傷的勇氣，這是一種考驗，也是一種幸運。**Yeah!」晴蕙用手比一個V字，有靈氣的雙眼上下眨動。瞬間，我心中的大地震開始了，腦袋裡的海搖晃翻滾起來，晴蕙把吉他抽出來邊彈邊唱了一首綠洲樂團——Wonderwall，開頭還作勢咳一大口氣，這是我第一次聽綠洲樂團的歌，後來才知道那是為了學主唱的動作，晴蕙的吉他技巧很普通，甚至有些地方的和弦彈錯，但整首歌聽起來卻有另一種獨特的味道，我想如果不是晴蕙的話就不可能彈得出來，歌聲技巧出色得令人吃驚，可能是因為她有很標準的英語發音吧，我發楞的聽著晴蕙唱完整首歌，晚風不斷的吹拂著我們，地震後的餘悸被晴蕙的吉他聲和歌聲給溫柔的包覆著、療治著。曲畢，我拍手鼓掌，她說聲謝謝，此刻我又開始頭暈，地面好像有些搖晃。

「餘震。」我說。

「才不呢，那是地球在替我鼓掌。」晴蕙露出的笑容像春天陽光般令人無法忘懷。

□

九月二十一日黑色星期一，回到家後我無所事事發呆整天，電車來來回回不曉得轟隆隆的吵過幾次，時光之音穿梭著，回憶的畫面也像隨機排列的投影片一幕幕上演，920和921都是令我掙扎痛苦的日子。我煮開水泡一杯熱紅茶，頭還隱隱作痛，我坐在沙發上喝茶，昨晚擁抱著Rainy的記憶漸漸甦醒，思緒控制不住的流來轉去，我想著Riany她太陽穴上面那顆有韻味的痣，想著與她在咖啡廳的奇妙對話，然後想到聽她說完生日快樂後我接近崩潰般的掉淚，自從晴蕙死後我就再也不過生日，其實本來就沒什麼在過生日，只是晴蕙死後讓我有更好的理由，對我來說那只是添加歲數無意義的紀念。

我想起欣蕎，她現在人在哪裡呢?第一次見面是在中山堂，那時我和晴蕙和欣蕎一起去看台北電影節，晴蕙牽著我的右手，然後她的右手又挽著欣蕎，欣蕎比晴蕙小兩歲但卻比晴蕙高快半個頭，臉蛋我不太記得，只知道欣蕎身材較晴蕙豐腴許多，話很少髮型像小男生般，晴蕙常常笑說爸媽的營養都流到第二胎了，腦中大概就只有這樣的資訊，第二次跟欣蕎有交集時是她告知我晴蕙的死訊，並問我要不要去參加葬禮，我拒絕，除此之外沒有跟她聯絡過，為什麼三年後她會傳簡訊給我，還記得我的生日呢？到底怎麼一回事，此時電話響起，思緒被迫中斷。

「翔哲。」Rainy 說。

「Rainy。」我回答。一樣的開頭。

「今天還好嗎？昨晚講了很多有趣的話喔。」

「別虧我了，真抱歉這麼晚把妳叫過來。」我搔搔頭懊惱的說。

「不會。能聽到馬克思我非常的高興喔。」

我笑了。「好的，下次我會改講資本論。」

「沒問題。」Rainy 笑著輕咳兩下。「對了，有兩件事要跟你說，第一件事，那天不小心看到你的簡訊，不好意思，因為我們用同樣的手機聲音也一樣，順手一拿就按到了，我想你應該很納悶我怎會知道你的生日吧。」

「不會，我大概有猜到。反正簡訊這種東西沒什麼好隱藏的。」

「那就好，接下來第二件事，你這星期天有空嗎？」

「星期天，這要看星期六喝醉的狀況，宿醉太嚴重的話可能就要約下午囉。」

「宿醉可不行，沒有靈魂的軀體很難畫得出什麼，也很難溝通。」

「畫？」

「對，星期天請來我這邊，我想我必須要幫你畫畫。還有，記得前一晚別喝醉。」Rainy 的語氣非常自然鎮定，讓我完全沒有辦法拒絕她，回想起來，跟她的相遇對談甚至在 Motel 裡幫我擦臉和擦身體都是那麼自然，雖然跟晴蕙分開後這兩三年來發生的怪事不少，但從來也沒有像遇到 Rainy 這樣的事更怪異，這叫作投緣嗎？我不曉得，不曉得的事實在太多了。掛上電話，我用睡眠來加速度過這討厭的 921，卻輾轉難眠。

開始上班的平日下午，中庭廣場依舊聚集著偷閒的人群，公關性、事務性的煙霧在上空盤繞著，幾個西裝筆挺的中年男子好像在調侃什麼而哈哈大笑，三個穿窄裙套裝的 OL 拿化妝包出來補妝喝喝咖啡聊天，角落坐著一個大概是業務的男人正對著電腦發呆偶爾偷瞄來往的短裙女人，我坐在中庭另一個角落與阿飛一起抽 Caster 3，三點半，這就是這邊上班族平日一成不變的基調，上班、中飯、下午茶、下班，今天天氣也像平日一樣無力，沒有陽光，厚厚的雲層像過濾死白日光燈的隔板將光線發散下來，如果這時候來一首齊柏林飛船的 Stairway to heaven，那吉他前奏我想很適合這些看似快樂但又帶著空虛表情的人們，我想像著，然後從鼻孔慢慢吐出煙。阿飛也跟著這樣做。

「喂，Chap，你知道孤獨與寂寞有什麼不同嗎？」阿飛突然開口。

「孤獨不等於寂寞嗎？有什麼差別。」

「差很多。孤獨是指形式上的，寂寞是指心裡的，一個人孤獨並不代表他不擁有什麼，孤獨與擁有無關，但是一個人寂寞就真正代表他的內心空虛，就算他擁有全世界但內心還是像破洞一般的寂寞，孤獨可以窺視自我的內心達到了解自己的目的，但寂寞就直接致命。」阿飛將菸捻熄，啜一口黑咖啡。

「致命？」我說。

「很可怕喔，有時候會像一把利刃直接刺穿胸口。」

「**戒不掉的不是情慾，而是空虛。**」我感嘆地說。

「本日最佳句喔！」阿飛豎起大拇指。

我笑了笑當作回應。

阿飛也笑了，臉頰有酒窩。「曾經讓女孩受過傷嗎？」

「或許沒有，或許有，但那好像不是我能決定的，我只盡可能的好聚好散不讓對方受傷，我覺得傷害人遠遠比自己受傷來得難過，雖然這樣說很不負責，但的確是真的。」

「我知道。」阿飛起身將視線放到遠方凝望著，然後沉沉的吸吐一口氣伸展身體。「以前，我總是有無比的自信，我並不是想要吹牛，那感覺就好像是全世界的人沒有理由不喜歡我一樣，從小到大不論在做人處事方面或感情方面基本上我都擁有絕對主導權，但不是說我沒有用過心，我也曾受傷過、害怕過、膽小過，只是那對我來說就像是另一個原則，我不是只有一個原則的人，只要轉換一下馬上就可以回到正常原則繼續活著，很多人說我無情、說我世故、說我冷血……等，whatever，反正我不是為了服務人群而被生下來的，你看過太宰治的人間失格嗎？」阿飛轉頭問我。

我點頭。「喪失作為一個人的資格。」

「對，大概有點那種感覺，但我跟他相反，我是屬於強者那一邊，但卻又像他書裡所寫的：『懦夫連幸福都害怕，碰到棉花也會受傷。』那樣，連幸福都害怕，真是說到我心坎裡，雖然我是大家一致認同的強者，但我的生命就像走在刀尖上，沒有人知道，就算知道了我也不在乎，我不接受也不抵抗所有普世價值，這是一種罪，也是一種傲。」

「我想，我們都是反體制但又無法對抗體制的人，太宰治也是。」我說。

「對，溫情也是一種體制喔。」阿飛笑著緩緩坐下。「難怪我跟你會變成朋友。」

「之前，我在英國念書時遇到一個女孩，她讓我覺得自己很悲哀，由於這樣我不得不離開她，也因此而傷害了她，很深的傷害，這輩子到目前為止，我也跟你一樣盡量保持好聚好散的精神，每個女人我也都處理得很好，但只有那個女孩。」阿飛低頭嘆息。我感覺今天阿飛說話的神情都不一樣了，心事重重。

「她讓你覺得自己很悲哀？」我問。

「最悲哀的人就是不懂得他悲哀的地方在哪裡，可是一旦知道了……」

「嗯，那應該會很痛苦，我大概想像得到。故事很長嗎？我還滿有興趣聽的。」我接著他的話說。

阿飛陷入沉思，並且將充滿疑問的視線放在自己的手掌上端詳著。

「Chap，反正你跟我算不同圈子的人，而且通常把故事告訴給不相干的人，這樣比較不會產生不必要的麻煩，這事我只講一次，你聽聽就好，我覺得你是個可以讓人放心講話的人，所以一定程度上我是相信你的，但你聽了以後要不要講出去是你的自由，我無所謂，並不會讓我對你的印象變差，我這樣說你懂嗎？」

「你可真是小心呀。」我敬佩的說。

阿飛微笑然後抬頭看一下灰白的天空，好像看見什麼懷念的景象似的。「在英國念書的第二年，那時候論文面試剛結束，輕鬆的夏季，雖然沒有蟬鳴聲，但夏天的英國有很不同的味道喔，雨後的泰晤士河散發的氣味，巷弄間酒吧裡大口喝著啤酒聽搖滾樂打撞球，非常美好，而且我大概再三個月就要返回台灣了，天氣難得變好，論文也很順利，就等著畢業證書而已。」阿飛又點了根菸，吐出來的煙在我們上方盤旋一陣子後慢慢融進透明空氣裡。「那時候我遇到一個台灣女孩，雖然以我的眼光來說，她並不是一個非常出色的女孩。」阿飛說到這停頓一下，好像在想些什麼。

「由於我們都是台灣人又剛好是我的學妹，所以理所當然就近照顧，幫忙申請宿舍，填表格，介紹環境，介紹打工等等之類的瑣事，你也知道我是個怕麻煩的人，尤其是黏呼呼的小女孩，剛開始我真覺得是一件苦差事，但後來發現她並不只是單純的小女孩而已，她勇敢、大方又獨立，對人又很親切自然，很快就融入我們的生活，你知道，每個英國人的心中都有自己的一座小城堡，那是不可侵犯的領域，他們守時、重視法律、重規則，表面上看起來大家玩在一起，但私底下卻難以靠近，一旦踏入私地，他們可是會毫不留情的重擊你，但這個女孩一股傻勁的可不怕喔，不管是跟我們這些留學生，還是跟英國當地人都處得非常好。這倒也省去我不少的麻煩。」阿飛的手機響起，他冷冷的交代幾句後把黑咖啡又喝一大口，中庭廣場的人只剩下坐在角落盯著電腦像業務的男人，空蕩蕩的，偷閒的時候好像有點久了，但我看阿飛好像還意猶未盡，我也滿想再聽下去，所以顯得有點尷尬坐立不安。

「我是獨生子，但跟她相處以後，覺得自己好像多了一個妹妹，久而久之，她讓我自然而然的對她產生關心，自然而然的想要照顧她，這對別的獨生子來說應該是件很溫暖的事，但對我來說就像病毒入侵般，我的原則不斷地被她侵蝕、擊潰，短短一個月內，我連講話語氣都變成溫和，待人處事也變得很圓滑，她只要稍微有不如意的事我都替她擔心，我都快要不認識自己了，這真是前所未見。」

「所以你逃離了？」

阿飛點點頭。「是的，再也不聯絡，全部清得乾乾淨淨，不曉得她現在過得如何，希望她能幸福，她也算是一個好女孩啊，跟她比起來我實在很悲哀。」

「悲哀？」我看看手錶。

阿飛抬起手指輕輕的敲著額頭。「你大概知道吧，我的悲哀就是來自於這裡，無法進入溫情模式的腦袋。一旦走進那種危險地帶，我會四分五裂的崩潰，這真的不誇張。」

「所以你曾經崩潰過？」我驚訝的問。

「算是吧，如果人生就那麼一次到過地獄的話，算是。」

「為了某個人嗎？」

阿飛抬頭又望了一下天空，然後再看了一下手錶。

「差不多該回去了。」阿飛對我微笑，但我並沒有感覺到那是個笑容，那彷彿是將眼睛蒙住般的冷色笑容。「下次有空再接著說故事吧，跟你聊天還真是愉快，你是個很容易讓別人說故事的人喔。」阿飛笑著說。

我說好，一定。他邊操縱著手機邊走向對面的大樓門廳，瞬間，那背影讓我感覺到莫名的哀傷，我為他難過，同時也為自己難過，從心裡產生一股惺惺相惜的熱氣使我想要掉淚，我想到電影《我的藍莓夜》裡的一句台詞『**有時候我們將別人當作一面鏡子，替我們自己作定義，每次的反射都會讓我們越來越喜歡自己**』，但，我想我是越來越討厭自己。

兩天前就開始持續下雨，到今天才漸漸和緩下來，空氣中的潮溼氣味很重，Rainy喜歡的綿綿細雨溫柔的包覆著我的車，我往五指山的方向開去，Rainy的住處環境非常清幽，五棟公寓所圍起來的社區座落在半山腰的一個凹陷處，後面緊挨著綠茸茸的山坡，前方由於沒有建築物或高架橋之類的擋住，視野非常的寬廣，Rainy住在公寓的最高層16樓面向著在汐止彎曲起來的基隆河以及大尖山脈，天氣晴朗時還能隱約看得見河的流動喲，Rainy說。

公寓裡佈置非常有藝術氣息，一進門首先吸引我的是整面黃澄澄的牆，說這有點像南瓜黃簡直太污辱這面牆，我可以看出其中有跳躍的紋路和活生生的靈動在，彷彿就像是有什麼精靈住在裡面四處走動而產生活潑的足跡一般，Rainy 說那面牆是她親手畫的，是前年造訪安達魯西亞的小鄉村而啟發的靈感，本來想掛幾幅畫在牆上，但這樣倒不如整面牆就是一幅畫來得好，我駐足讚嘆一陣子，廚房的流理台是用土耳其藍的雕花磚拼成，淺色的橡木地板像金色沙灘一般從房間、廚房、客廳延伸到畫室，畫室的周圍有一座高雅的紅皮沙發，一張感覺很厚重的深木色茶几，兩個畫架，立在左邊的畫架上的畫板被覆蓋著民俗風的紗布，神秘而且安靜的站在角落，畫架下整齊排列著許多畫板，大概都是她的作品吧，正中央的畫架上空白畫板和炭筆已經準備好，畫架前有一張矮桌，上面並沒有 Rainy 正在畫的東西，大約有十二座小燈飾隨意放置在木板地上，其中大部分的燈都是類似金字塔形狀，有的像火焰一般扭曲著，有的像冰錐一般矗立，有的像草原一樣搖擺著，燈面的幾何形狀以及色彩非常綺麗夢幻，又是另一個令我讚嘆的物品。

「這些都是摩洛哥雕刻燈，想像在一千零一夜故事裡的沙漠城鎮，家家戶戶都有這樣的燈在喔。」Rainy 笑著說。

她將它們全部點亮再打開天花板的鉑金水晶燈，拉上窗簾，畫室立刻就變得溫暖而光線充足。「不好意思，今天沒有明亮的太陽光線，這些燈我想足夠了，我們開始吧。」

她讓我到矮桌上坐著，然後走到畫架後活動手指、削炭筆以及撕起一塊橡皮擦俐落的搓揉著。屋子裡有空調非常暖和，Rainy穿得很簡約，修長的牛仔褲以及一件純白T恤散發著洗衣乳的香味，苗條的身形表露無遺，晴蕙也很喜歡這種穿著，這讓我自然的擁有親切感。

「那麼，麻煩你把身上所穿的全部脫了吧，一件不剩喔。」Rainy把長頭髮盤起來用一支鉛筆固定好，頓時感覺年輕了許多。

「一……一件不剩？」我驚訝的問。

「不用緊張，除非你擁有異於常人的身體，不然我是看多了喔。」Rainy的眼神堅定又溫柔，她拿起細長的遙控器往空中一按，音樂飄來濃濃西班牙吉他的味道，我竟對她叫我做的事情毫無任何抵抗開始脫衣服，我在想，是不是因為後來對母親的陌生所造成的移情作用，但我不能確定，帶著些許緊張感的我邊脫下襯衫邊試著跟Rainy談話，Rainy的表情極其平靜以及放鬆，雖然Rainy是個很有魅力的女人，但變成裸體的我也沒有過多的遐想和期待，就像一種儀式，就像走進寺廟內雙手膜拜並祈求平安般自然，音樂非常的棒，有點陶醉的我詢問歌名。

「加里西亞佛朗明哥（Galicia flamenca）。」Rainy拿起粗炭筆先在畫紙上打底。「第一次聽到的時候是在安達魯西亞的山城小酒館裡，那時我醉得很厲害，兩個吉普賽女人正甩著裙襬跳佛朗明哥舞步，坐在角落一位白髮蒼蒼的老人富有情調的彈奏這曲子，那感覺就好像穿越時空隧道一般，每個人的身體開始扭曲、模糊，酒館石壁的潮溼氣味，不知從哪飄來的菸草味、酒香味，一切如夢似幻，我想到了很多過去的故事，後來回到巴塞隆納就馬上去買了這張專輯。」

「很棒。」

Rainy搖搖頭。「有時候想起過去並不是件很好的事。對了，差點忘了。」Rainy想到什麼似的走到廚房的酒櫃旁，打開，拿出一瓶拉佛格威士忌倒滿杯給我要我喝一半，另一半她接過去喝完，深沉的煙燻香味從喉嚨深處迸發出來。Rainy將深木色茶几上類似印度焚香的東西點燃，木造雕刻的盒子上煙霧柔美的繚繞，有森林的味道。

「隨你想要的姿勢，坐、蹲、躺都可以，只要眼睛不要閉上就行，好了以後就不要動了。」

不曉得是酒精開始發散，還是暖氣溫度開得太高，背部已覆蓋著一層薄薄的汗水，室外的雨聲像流沙般細膩而且持續，室內吉他聲激烈而且飄蕩，那森林的香味讓我開始幻想，全身像被溫暖的水包住，就像胎兒在母親的體內一般，眼前出現蹲坐在被巨大城牆所圍住的井內的我，浮現出模糊的景象，地面黃土被風滾起沙粒，破碎的旗幟象徵淪喪般無力的擺動，心裡好像有即將被攻破城池的恐懼，時間和空間沒有存在的意義，我喃喃自語，出不去了我對城內的自己說，出不去了我對城外不知名的什麼說，因為那城牆是如此的高，天空是如此的窄呀，我被困住了，眼前城堡、黃沙、旗幟還有窄窄的天空包圍著我，腦袋像泡在海裡漂浮著、腫脹著，呼吸和心跳次數漸層式的攀升，胸腔像是只剩下心跳一般有空空的回響。

「出不去了。」我側對畫架抱膝蹲坐著，姿勢不像戰敗的將軍而像被監禁的囚犯望著唯一透進光線的窗發楞，腳和腦袋一樣發麻，有點像酒醉但意識還算很清楚。

「哪裡出不去了？」Rainy 的手還不停的在動著。畫筆在亞麻布上發出刷刷悅耳的聲音，但無法使我回神。

「這裡，那裡，心裡，腦袋裡，神經細胞裡，都出不去了。」巨大的城牆對我說。

「出不去，那就留下來吧。」

「為什麼你要畫我呢，為什麼要留我呢？我這個人，沒有什麼值得被紀念的，過去所擁有的一切，就像煙霧般瞬間就被風吹散了，現在所擁有的一切也不值得被你們期待。」

「你很悲傷。」

「我想我只是對已逝去的事物還不是很了解。」

「愛情逝去了嗎？」

「早已逝去的，最後再逝去一次。」

「所有愛情都只有一次逝去的機會。」

我嘆息。「不是逝去的次數問題，而是今日越是無法去愛，昨日的愛就顯得越是珍貴和沉重。今日的天空越灰暗，昨日的天空就顯得更透藍更遼闊。」

西班牙吉他聲到了高潮的地帶，六條尼龍弦聲混合著在空氣中劇烈震盪，就像拍打消波塊的白色碎浪，也像呼嘯而過的火車聲響，那時光的聲響依舊默默的定期炸開，世界不斷的改變、轉移。音樂到結尾作了一段華麗的刷彈後靜止，

Rainy也畫完了，她把畫也蓋上一層布並沒有想要給我看的意思，我穿上牛仔褲正準備要套上T恤內衣時，她從浴室拿了熱毛巾出來幫我擦拭身體，我似乎流了很多汗，頭還昏昏的，我支撐不住身體的重量在沙發坐了下來，Rainy泡了杯熱茶給我，濃濃的米香，不間歇的雨聲和溫暖的畫室，Rainy盤腿坐在我的身邊，也喝著茶。

「怎麼樣，頭還暈嗎？」Rainy問我。

「妳怎麼知道我頭暈？」我吃了一驚。

Rainy有點不好意思的笑出聲音。「知道啊，只不過沒想到你對那東西的反應竟然這麼大，我都快沒什麼感覺了。」

「什麼東西呀？」我被搞得一頭霧水。

「這個。」Rainy指著放在茶几上的木雕盒。「主要的成份是洋金花，然後大概還有摻一些其他東西吧，我不太清楚，是我朋友去印度那邊帶回來的，因為這是類似麻醉藥而且列為藥物管制的東西，所以帶回來用了一些必要手段和關係。」

「藥物管制？！我該不會惹上什麼麻煩吧。」我搔搔頭髮。

Rainy咯咯的笑了出來。「喂，翔哲，你這個人有時候還真可愛耶，會在咖啡廳挑逗陌生的熟女，在Motel裡講馬克思的男人，區區一個洋金花還會擔心惹什麼麻煩嗎？」

我裝了一個頓悟的表情。「喔，說的也是。」

Rainy笑得更大聲了，很好聽的低音大提琴。「放心，就連大麻在荷蘭都是合法的，這洋金花作成的乾草在越南還有很多老兵會捲起來抽呢，我畫畫的時候偶爾會點，容易放鬆而且創造靈感，當然不能常常用它，用上癮是會中毒的，話說回來，這東西還真有點像戀愛呢。」

我往後靠在舒服的沙發。「那想要畫畫的時候再談戀愛就好了。」

我們很自然的沉默著聽音樂，仍然是單純的吉他演奏，比起之前幾個曲子這首要緩慢許多，好像深夜裡兩個人在河邊散步一樣。

「那幅畫我可以看嗎？」我指著角落被披上布的畫。

「喔，還不行，那幅畫還未完成，我不習慣給別人看還未完成的畫，因為是有特別意義的畫，所以我想要找特殊的顏料但卻一直找不著，調也調不出來，或許會找時間飛去義大利找吧。」Rainy說。

「所以這畫有什麼故事嗎？」

Rainy 點 Salem 菸然後敬我一根。「每個人都有一些故事，想說的，不想說的，能說的，不能說的，我想你也是吧，你知道我為什麼找你當模特兒嗎？」

「這也是我想知道的。」我吸了一口 Salem，很淡。

「Circle，我有一種叫作 Circle 的能力。」

「不懂。」我說。

Rainy 吸了一口很享受的菸，把熱茶靜靜的喝完，水經過她頸子時發出柔軟的聲音。「算了，我看我從頭跟你解釋一下好了，你等一下有事嗎？」

「很幸運的，我的時間多到都浪費不完。」我說

Rainy 笑了。「很好。因為故事有點長。」

「我在義大利的佛羅倫斯待了三年半，應該說不是待，我是嫁過去的，老公……哦不，應該說是前夫，是學校交流計劃從義大利過來學過中文的捷克人，他是我在大學的油畫老師同時在佛羅倫斯有自己的修復工作室，修復中世紀或更古老時代的名畫是修復士的工作與光榮，所以佛羅倫斯到處充斥著高明的畫家和修復士，那本來就是為了復興古文藝而存在的城市。因緣際會下我認識了一個滿有名氣的老畫家，跟他學很多繪畫的技巧，老畫家非常欣賞我的畫認為我有天份，

畫中有美麗的靈魂在飄逸著，那真是很美的讚賞呀。後來學著學著，一開始並不自覺其實我越來越走火入魔，幾乎二十四小時都關在房裡不斷的畫，臨摹幾百年前的名畫，然後也接人體模特兒的 case，老畫家也察覺了我的異樣，他說我後來的作品摻雜許多魔鬼，說我有很不錯的能力，但如果不能善加控制和利用的話會傷及到自己的身心，當下我只覺得很可笑對老畫家的話嗤之以鼻，認為他不是妒忌我的才能就是一個對宗教太迷信的老頭，那只不過是畫畫而已怎麼會傷及到身心呢，那段時間我經常和前夫爭吵，對其他的繪畫家產生猜忌，跟朋友相處狀況非常糟糕，我心裡只有畫沒有其他了，後來有一天……」話順勢的斷了，Rainy 默默起身到酒櫃又倒兩杯威士忌，加冰塊然後切檸檬片丟進去，杯底冒出微弱的氣泡。今天很有感覺嗎？我接過玻璃杯喝了一口然後問她，秘密，她說。

「有一天深夜我突然在畫室裡昏倒，當時在畫什麼我不是很清楚，只知道我發瘋似的在畫布上猛塗，折斷兩支畫筆翻倒了畫架，忽地崩倒在地上，清醒後才發現我的下體正大量的出血，血染遍我的米色長裙，我趕緊打電話給我前夫，他跑來畫室將我送進醫院急診，那真是個不平靜的夜晚，醫生說我的子宮壁由於不明原因而嚴重受損，我以後應該不能生育了，就連性生活都要盡量避免，開什麼玩笑呀，不明原因，雖然我對生小孩這件事沒有太大的期望，但因為不明原因而發生這種事情實在讓人難以接受，平時對自己很驕傲且潔身自愛的我又再次昏厥過去，後來那段時間我經常因為昏倒而送進醫院，動不動的就得住院觀察，我前夫的溫柔體貼漸漸被現實給磨耗殆盡。有一天，我間接知道原來在我倒下去的那天晚上，他是從別的女人家裡趕過來的，惱羞成怒的我在深夜拿著麵包刀去工作室將他正在修復的拉斐爾名畫毀掉，在佛羅倫斯，修復士對於他正在修復的名畫是當作生命在看待，毀掉畫也等於毀掉修復士的生命，這件事鬧得很大，連警方都介入，幾乎將前夫工作室的前程毀了，本來我必須吃上官司，但前夫替我承擔下來，當然最後我們還是離婚，因為不這麼做的話其實路沒有辦法繼續走下去，我畫畫的靈感消失無蹤，身體仍然是不明原因的越變越差，身心俱疲的我拿著剃刀想要結束自己生命，不曉得是註定還是怎樣，當時我正好看見那幅尚未完成作品想起台灣的種種回憶讓我崩潰的大哭，最終還是無法自殺成功。」

「是那幅畫裡的主角嗎？」我指著那幅未完成的畫。

Rainy 點點頭。「是的。不過我卻深深的傷了他，無法回頭而且無法求得或接受他的原諒的那種傷害，不過那又是另一個故事了。」講到這，Rainy 又點支菸，外頭雨沒有想要結束的跡象，天色像被催趕似的變得越來越灰暗，但卻沒有時間存在的感覺。

「回國那天老畫家送我到機場，我們在車上聊了很多，我印象很深刻，他說能感受到我的能力或許從此時才開始，請我務必要試著去了解這命運，回到台灣後，我在一間私人工作室裡待了一陣子，隨便畫畫插圖啦、海報廣告之類的過生活，有一天老闆介紹我一個不動產業的業主，說是因為業主聽說我從義大利回來所以要請我試著畫他的畫像，我本來不以為意，但那次順利得連我自己都吃了一驚，對方很滿意的出高價買下他的畫像，那位業主說：『在透過面對自己的畫像時，就彷彿看見自己最深處的靈魂。』他稱讚我是畫到最深處的人，他從畫像裡得到很多細部珍貴的東西，後來，業主又介紹了幾個人給我作摹繪，有的人是飯店經營者，有的是金融業界的核心幹部，甚至有政治界高層，全都是一些背負著極端壓力、每天戴著不同面具的人物，一個人擁有多少深刻的苦惱往往取決於他們在社會地位上的高低，這說法是真的喔。

「我越來越能掌握自己的能力，很輕易的感受我和受繪者之間的 Circle，原來，老畫家所說的能力就是這個，所以我才能沒有一次例外的讓每個人都很滿意付出讓人咋舌的高價買下他們的畫像，我頓悟我所要了解的命運是什麼了，這都要謝謝那位老畫家，不過很可惜我跟他已經失聯許久。」Rainy 停頓一下。「所以這能力我把它稱之為 Circle，就我而言，人與人之間的交會就像一個圓，從我這邊傳遞什麼給你，你那邊又傳遞什麼給我，我很清楚能夠感受到這之間互動的細微能量，圓從關係建立開始就不停的轉。」

「所以，我和妳之間也有那樣的圓？」

「沒錯，在咖啡館一見到你的時候我就已經知道了，這種圓並不是隨便兩個人就能有的喔，必須要有一定的傳遞能量，也可以說是頻率吧。當然，除去那些挑逗的話語之外。」Rainy 用揶揄的眼光看著我微微笑了一下。

「真不好意思。」我抓抓頭。

「所以，關於你喝醉時所說的命運交會，我想我很清楚喔。」

「好像輪迴之類的東西嗎。」

「我不知道，不過我想跟那個相當不同，沒那麼深奧偉大。」Rainy 歪了一下頭說。「而且，我能感覺到這個圓不只我和你，還有其他人，我想，也許你會傳遞些什麼給我吧，我所缺乏的東西。」

「那這圓，代表著什麼意義？裡面有什麼人？」我問。

「不知道，我不是算命師或是女巫拿著水晶球看見未來，我只知道接下來有事情會發生，跟你我都有點關係，至於事情的意義是什麼，我並不能預測。」

「那，最後這個圓會怎麼樣？不停的轉下去嗎？」

「不會，會斷掉，這就是人與人之間的宿命喔，以宗教的角度來說的話，應該就是緣份吧。」

我低頭沉思一下。「難道連親人之間都會斷嗎？夫妻之間呢？」

「翔哲，我想你懂我所說的，你說的那些關係只是一種牽絆，親子之間以及夫妻之間天天見面但卻形同陌路的大有人在，已經分開的或死去的人仍然留在他人心中而且不斷地影響他人的人生這種事也經常發生，所以那個跟我說的交會沒有關係喔。」

這麼說來，我和晴蕙的圓是否還沒斷？否則為什麼在她死後我經常被她影響呢？為什麼人與人之間會建立起這樣的圓，既然建立起來了又為什麼要斷，這難道就是人生嗎？

「對了，你下次大概什麼時候有時間？」Rainy 打斷我的思緒。

「下次？」

「對，因為這畫大概要再進行一次摹繪才會完成，一般畫大概都要三天左右，當然，也有畫超過一年以上的，到現在還沒結束呢。所以也很難說，不過我覺得畫你很順利。」

「一年！」我驚訝的說

「蒙娜麗莎的微笑畫了四年半呢，當然，我的畫無法跟達文西的比較。」Rainy 笑著說。

「妳說的一年，是那幅尚未完成的畫吧。」

「Bingo！但還是抱歉無法給你欣賞，等我找到那特殊的顏料吧。」

「不用抱歉啊，這是妳的自由，只是我可能沒有那麼多錢來買下我的畫倒是。」我笑著說。

Rainy 把威士忌喝光。「不，我從來沒有想過要拿你的錢，我們的關係一開始就不是建立在商業行為上，不過你會覺得內疚的話，我倒想聽聽你的故事，想了解一下為什麼你這個人能讓我感應到特殊的 Circle。」

「那，我就欠妳一個長長的故事囉。」

我敬 Rainy，並且把威士忌一飲而盡。

最後一次摹繪還是用洋金花和酒精，我也習慣這樣的互信狀態。Rainy 畫完的那天也剛好是一個星期天下午，強勢的東北季風濡染著島嶼北部，每一處都乾乾淨淨的被洗刷後飄散著海的味道，溫暖的畫室裡讓我們的身體都滲出汗來。

Rainy 拉開畫像上的布時，我感覺到體內的所有物質瞬間被抽空，眼珠子好像變成透明似的，吸進空氣的時候感覺不到胸腔的起伏，畫像外的景色全部被空白給吸收了，我剛開始是震驚，是感動，接踵而來的是一連串的矛盾，覺得這畫像跟我好像隔了一層紗似的不是很親近，但矛盾很快就被打破，畫像衝進心裡簡直讓我感覺羞恥，就像在人潮中被扒光衣服掏出內臟般恐懼，裡頭隱含了許多不願面對的東西，那萬花叢一般狂亂的色彩包圍住中間蹲坐的灰色調主角形成強烈對比，用湖水般的藍色和灰雲的暗色調成的眼珠子正猶豫的望向遠方，眉間的皺紋像不小心刻上去似的顯現出不經意但是卻有深刻的不了解，肌肉的線條緊緊繃住的手握著一把劍，簡直可以感受到那用力的程度，而且握在劍刃的區域一片血紅，血的顏料在赤裸裸的身體上調和得令人怵目驚心，活生生的彷彿就像在流動。

「那把劍代表也許你堅持著什麼不肯放手吧，即使它讓你受傷、難受，但我並不知道是什麼，我只是順著自己的感覺來畫，所以這可能要由你來告訴我。」Rainy 站在我身旁雙手交叉望著畫像。

堅持著什麼？我到底有什麼堅持的？是晴蕙嗎？

「怎麼樣，畫還可以嗎？」Rainy 見我不說話又再一次問我。

「我無法形容……」我楞楞地說。「我只想問，一般來說，看畫的人第一句話都會說些什麼？」

Rainy 笑了。「你剛剛已經說了啊。」

在 Rainy 舒服的笑聲之前我都還一直沉在畫像的深海裡，那無法自拔的感覺就像一腳踩進深海的泥濘中。

接下來的一段時間裡只要 Rainy 有空（當然，最有空的都是我），我就會到她的畫室去觀摩我的畫像，我到不屬於自己的地方去找尋那悲傷、混亂、偏執卻又百分百接近真實的自我，每每站在畫像前，我的情緒都會被牽引出來激動不已，有時會掉淚，有時會嘆息，有時能獲得一點點解放，就好像不定期的治療一般，雖然到底能治療些什麼我不知道，但我的確得到了一些無形的東西，像在心湖裡投下錨讓它慢慢降落一樣。然後我們也互相深談，Rainy 放著迷幻之星 Mazzy Star 的專輯，我們喝著康尼馬拉威士忌然後聽她講述陽光佛羅倫斯的風景，聖塔瑪利亞諾維拉車站的時鐘和搭配著廣場上方的湛藍色天空讓人有時空倒流的感覺，那是一座從十六世紀以後時間便停止的城市，充滿著文藝復興的空氣，看著她讓我欣賞的照片，想像阿諾河的流動、想像托斯卡尼的名菜蕃茄燉小牛肚、想像大教堂的圓頂，讓我的身和心好像置身在另一個空間裡奔馳，Rainy 也講與前夫如何一見鍾情，然後 Rainy 如何拋下一切跟隨他去佛羅倫斯的故事，她說那真是人生中最衝動也最美好的兩年，得到這些美好是靠自己的不理智，失去這些美好也是自己的不理智造成，人生啊她感嘆。

但我們也不是什麼都聊，那披著神秘布匹的畫像彷彿是 Rainy 心中的城牆，話題的河流接近到城牆外就斷了，就好像被吸進磚塊的縫隙中消失，但我都能看見提起那畫像時 Rainy 太陽穴旁那顆痣微微皺起的模樣。而我自然而然地會聊起晴蕙，但我卻無法從口中說出她已不在人世的事實，要說就讓別人去說吧，死這個字在晴蕙死亡之後就變成我生命中的禁語，讓晴蕙活在那縹緲的英國草原上變成我的一種執著，或許，這樣的執著就是那把割開手掌令我鮮血直流的劍吧。

之三／如果九個謊話可以換來一句實話

十一月，Rainy按照計劃飛去希臘，而阿飛因為工作的關係也去了歐洲，他們好像說好似的一起消失了，沒辦法跟他們任何一人聊天還真難受，我默默的庸碌的過完這空白三個星期，這三星期之中的一個夜晚，露露（到現在我還不知道她的真名）突然來到我的住處找我，門一打開就有濃濃酒味傳進來。

「暫住一晚，我沒地方可以去了。」露露手勾著肩包，眼神迷濛，大概喝了相當多的酒。

那個晚上其實我才清楚看見她的臉蛋，但是，我知道我很快又會忘了。我本能性迎合她渾身酒味的身體，男人，真的就像動物一樣，我的確非常貪戀露露的身體，男人就算在沒有愛情的元素下還是非常渴求母性的溫暖，那麼女人在社會上的角色就比男人重要多了，女人孕育著這世界溫暖著這世界，那男人存在在這個世界上的意義是什麼？

「為什麼，我們會一直攪和在一起？」在例行公事後露露躺在我胸前，她指甲就快要把我的皮膚給刺破了。

「因為妳愛我啊，嘿，很痛，拜託小力一點。」我皺起眉頭說。

「愛？誰愛你啊。」露露嗤之以鼻。「你這個人什麼都不行，就嘴巴最厲害。」

「我不行？剛剛妳還挺享受的啊。」我喝了一口可樂娜啤酒。

「嘿，老實跟你說，我男朋友其實在酒店當圍事，我一通電話就能叫他過來把你揍個半死喔，我會叫他好好對待你的嘴巴，打個稀巴爛，他曾經用球棒往對方的嘴巴狠狠K過喔，對方臉都歪掉了，這樣你就再也不能欺騙無知的女孩了，為了世界上其他的女孩好，我要當最後一個被你騙的女孩。」露露眨動她水汪汪但是無神的大眼睛對我說。

「妳不會這麼做的，因為這樣一來，妳酒醉就沒地方去，也沒人逗妳開心，還沒人可以借錢給妳，當然，就算這些妳都不care，妳還是不會這麼做的。」

「為什麼？」

「因為妳會這麼做就代表妳是真・的・愛・我・啊——」

「屁啦你！」

我抱起露露又是一陣深吻，而那吻卻顯得空洞乏味，機械式的姿勢和機械式的情感，我知道，我們即將要變成陌生人了，我想她也有感覺到，對此，我一點也不會難過，只是對自己的行為感到悲哀。

隔天一大早，露露一副臭臉拒絕吃我買的早餐也不想讓我送她回家，然後又跟我「借」了三千元，空虛的早晨和凌亂的床，全身有莫名其妙的味道，這一切算些什麼啊到底，我洗完澡出門上班，到了晚上收到露露的簡訊，「**不管你過去深愛過誰，你的本性都不會讓你對誰認真的，你永遠無法愛人！**」我直接將簡訊刪除然後關機躲進棉被裡睡覺。

一個星期後由於公務的需求，公司派我到香港參加為期十天的軟體展覽會以及研討會，很神奇的，我和阿飛和 Rainy 都一起離開台灣，現在感覺起來好像是冥冥之中都安排好了。展覽會以及研討會都在九龍，本來是主管級以上才能參加這種會，但因為過程很麻煩，必須因為公司經費考量要下榻離九龍很遠的北角四星級飯店，中間的交通費都必須自己支付，回來還要作許多報告，所以，這種沒人想去的苦差事就被技術性的調整到屬於中生代的我身上，我想這時候離開台灣也是好事吧。第三天，十一月底的秋季，氣溫明顯下降但仍不會感覺寒冷，沒有下雨，但雲像河一般流動得很快，地球依舊拗著脾氣自轉，時間刻劃著生命的流逝，體內細胞的老化以及腦部神經逐漸的壞死都在不知不覺，還好不知不覺，這是上帝給我們最好的禮物吧我想，我在飯店十二樓裡望著維多利亞港胡思亂想，酒一瓶接著一瓶的喝，早知道就不來了，我想起當年因為打賭賭輸被晴蕙騙來香港的畫面，自從遇見Rainy後我就更經常地想起晴蕙，這難道就是Rainy所說的圓嗎?我腦袋發疼地播放著過往回憶。

□

「翔哲，你知道經過統計，人每天平均要說九次謊才會聽到一句實話喔。」

我和晴蕙從六號水門走進去，她面對我倒退著走，有點悶熱的夏夜，河面上是一片黃澄澄的夜燈倒影。

「那這世界上不就充滿謊言?」

「對呀。」晴蕙將身子轉回前方。「我們來打個賭，如果我說九個謊話可以換來你一句實話，你就帶我去香港玩。怎麼樣，敢不敢賭？」晴蕙將帶點邪惡的虎牙露出來。

「謊話容易被質疑的，誰知道妳說的是不是謊話。」

「不會喔，我說的都是確確實實的謊話，不容質疑，等一下你聽就知道了，怎樣，敢賭嗎？」

「好！」我乾脆的說。

晴蕙扯扯喉嚨然後開始，每說一句她就認真的看我一眼。「開始囉！我不喜歡你帶著淡淡憂鬱的眼神，不喜歡跟你接吻，不喜歡緊緊擁抱你，不喜歡你認真時發亮的臉龐，不喜歡你早晨像小男孩一樣撒嬌，不喜歡你厚實的手掌跟我緊扣，不喜歡想你的時候傻笑，不喜歡你對我說注意身體，不喜歡真正愛你到心疼的感覺。九個！」語畢，我停下腳步發楞的望著她，晴蕙露出小惡魔勝利的表情。專屬表情。

「然後，你愛我嗎？」晴蕙轉過身歪著頭問我，眼珠子睜得圓滾滾的。

我笑著搖搖頭。「妳真行，小惡魔。」

「認真點。」晴蕙有點生氣的說。

「我愛妳。」我伸手將晴蕙抱入懷中，細膩的身形彷彿太用力就會碎似的。
「所以是實話囉。」晴蕙將頭埋進我的胸膛。
「妳贏了。」我點點頭抱起晴蕙習慣性的旋轉。
「Yeah! Hong Kong, I'm coming!」晴蕙高興的大叫。

□

喝完飯店裡的酒後，我將最後一罐嘉士伯啤酒捏扁用力甩進垃圾桶裡，空氣變得很緊繃，我不想待在飯店，於是我出了門廳走進鰂魚涌地鐵站坐車，沿著港島線到金鐘換荃灣線直達尖沙咀，這條路線實在太過於熟悉，不僅是前往參加研討會的路線，也是當時下榻尖沙咀飯店的我們回去的路線，我們在銅鑼灣站一起找到好吃的早餐店，在中環站下車往太平山走上去時迷了路，在花園街以及女人街晴蕙認真的挑選絲巾，這些那些畫面像爆發似的快速湧現。

從被稱之為九龍最繁華的地區尖沙咀站出站後，龐大的人流隨即出現在眼前穿梭著，跟東區後巷不同，這裡沒有天空，天空是霓虹燈閃爍的招牌所構成的網，網底有許多的外來人口二十四小時被吞吐著，就像血管般流動著現實，流動著冷漠，流動著破碎的命運交會，我走在彌敦道上，這不屬於我的城市所產生的抽離感將心裡許多東西不負責任的帶進又帶走，裡頭卻包含著晴蕙的味道和影子，我像憋著氣沒入水中的海豚，然後藉著偶爾浮出水面喘息釋壓，就像孩提時經常跳進浴缸裡比賽憋氣，然後衝出水面又呼吸到氧氣時感到的快樂。

我放鬆漫無目的地閒晃，擠在人流中走累了就靠在超商前的欄杆上喝啤酒，喝完又繼續往下一個超商前進，附近不知為什麼有許多穿著鮮豔的印度女人，深邃的眼眸和我相互交會，把這場華麗又陌生的夜晚增添神秘，有人說印度女人的雙眼就代表著世界，我已經跟好幾個世界擦身而過，那就像時光一樣，香港這地方少了晴蕙卻增添了許多抑鬱般的美。不知不覺已經歷扁第三罐啤酒，我在九龍公園裡的木椅上坐了許久，夜晚的公園充斥著奇妙的人物，有大聲喧嘩的學生們、有喝醉酒勾肩搭背的上班族，也有就像明天兩個人都會死所以瘋狂擁吻著的情侶們，我聽了12個喇叭聲、3個狗吠聲和1個錢幣掉落地面聲後離開了公園。

走在彌敦道上接近北京道附近時，街道上的黑色豪華轎車變得很多，許多名牌服飾的招牌相互炫耀著資本主義的成果，我注意到一個不同於那些的微弱光芒，那是一個人，一個女孩，她穿著七分窄版休閒褲，白色長袖T恤和藍色連帽外套，髮長及背，那髮絲雖然很黑亮又直但並不會感覺厚重，而是很溫柔又平均的散布在有氣質的背影上，她的側臉令我感到熟悉，她以不快的速度在彌敦道上走走停停，然後從北京道右轉沒入人群，我加快腳步跟著，一面閃避人群，一面讓自己盡量不讓她發現，第一次跟蹤人，心中抱持著不少的恐懼感，什麼時候人會做出什麼樣的事讓我真感到驚訝，好像身體不是我的，就算我已經抱定被她發現也無所謂的心情也還是一樣恐懼，女孩走到路口時動作突然變快的往右轉進入亞士厘道，我三步併兩步走也跟上右轉，沒想到的是突如其來的碰撞，我迎面撞上了那女孩，本能性的緊急煞住，身體跟她幾乎靠在一起，她雙手將我推開至安全的距離，然後推了推黑色膠框眼鏡。

「你係邊個?點解跟住我?」[1]她大聲用粵語罵我。

這樣的衝突太突然，一時之間我說不出話來直楞楞的望著她，烏黑筆直的髮溜到肩膀以下變成柔柔的細絲，瀏海就像晨間的薄霧般相當美妙地輕輕蓋住她的額頭，膠框眼鏡後面的雙眼帶有幾分熟悉的靈氣，憑此我就覺得她不是陌生人，臉龐彷彿被加州陽光均勻曬過，膚色相當健美，腳踩著黑色娃娃鞋，單手扠腰氣勃勃地瞪著我。

「對不起，我沒有特別的意思，我只是覺得妳很像一個人。」我將頭低下來。

「等一下。」女孩轉回普通話，然後眼神好像發現什麼似的直往我的臉上瞧。

「你，怎麼會在這裡。」

「我？」我還搞不清楚怎麼回事。

「你不認得我了嗎？翔哲哥，我是欣蕎啊。」欣蕎的內雙眼皮靈巧眨動著。

我的視線從模糊慢慢進入清晰，那就好像從一個世界跳進另一個世界。

「欣蕎……」由於酒喝到一種程度了，所以我還沒來得及反應。

車輛不停穿梭著發出嗡嗡的聲音，人們交談聲也不停的旋繞而來，此時從不知哪裡的商店放著綠洲樂團——Wonderwall 這首歌，耳朵突然出現一股高頻的音量，然後我耳鳴了好幾秒，時光的聲響再度出現，欣蕎見我動也不動就靠近我給我一個擁抱，動作十分自然，就像母親來到學校接小孩回家的第一個擁抱，也像十年不見的友好擁抱。

❶文內為粵語漢字寫法，中文即為「你是誰？為什麼跟著我？」

我不知道為什麼她會擁抱我，也不知道為什麼我也自然的抱住她，似乎兩個人都不想多說話，甫接觸到欣蕎的身體時，眼角瞬間變得溼涼，那跟擁抱著露露或是Rainy或是任何一個陌生女子的感覺完全不同，那是一種入侵式的溫暖和親切，彷彿她在對我說：「沒關係，我懂的，沒關係……」大概是酒醉的緣故，心中的門輕易地被打開，我的淚水就這麼決了堤，那瞬間我替自己難過也替欣蕎難過，兩種悲傷集合在一塊逼著淚水往外跑，帶點鹹味的水刮過臉龐往下順著形狀到了下巴然後結成水珠滴落在欣蕎的肩膀。晴蕙死了，她真的死了，遇見欣蕎好像讓我不得不面對這個事實，我靜靜地哭著，印象中好像是我將欣蕎緊緊地擁在懷中，但這樣的擁抱我想就只是因為突如其來的悲傷罷了，並沒有意味著更多的意思，欣蕎不時拍拍我的背試圖讓我緩和一些。

「能再見到你真好。」欣蕎說。

欣蕎的單身套房在亞士厘道路口附近，樓下有一間咖啡廳傳來濃郁咖啡香，房內不大，是一般擁擠城市裡到處看得見的套房，佈置很簡單顯得乾淨舒服，沒有布偶牆上也沒有海報，但必要的傢俱和烹飪器具都有，看到這裡，可以猜測她是個懂生活很實在的女孩，但是當然我對欣蕎還是完全不了解。床鋪和沙發都是米白色系列，檜木色的桌面上 Mac 正散發出光亮，書桌旁的六層櫃則整齊站滿書和唱片，手掌大小的喇叭傳出來很輕的音樂，螢幕裡的播放器顯示著 Simply Red — You make me feel brand new，柔軟的歌曲，柔軟的夜，欣蕎只打開落地燈並且倒熱水給我，用白色馬克杯裝著，然後她將書桌前的折疊椅轉過來反坐，下巴靠在交叉的手臂上定睛望著喝水的我，這樣的奇遇讓我感覺好像作夢一樣。

「好點沒？」

「好多了。」我的喉嚨仍然疼痛，眼皮微微腫脹，酒意消退不少。「欣蕎，好久不見。」

「好久不見。」欣蕎說。

一陣沉默，音樂像河水不停流瀉。或許，我們都還不知道怎麼面對彼此，這氣氛近似失散多年的兄妹，又有點像是分手許久的舊情人，混合在一塊的感覺。

「我……」我們兩個同時發聲。

「你先說……」又再次同時發聲，然後我們都笑了，凝重的氣氛較為鬆開了些。

「我沒想過能夠跟你再次見面，有收到我的簡訊嗎？」欣蕎先開口。

「有。」我點點頭。

「不知道為什麼，自從姊姊……」欣蕎停頓一下將頭別了過去。「那件事發生後……我一直想起你。」

「想起我？」我喝了幾口熱水，食道和胃漸漸溫暖起來。

欣蕎點點頭。「這兩年的時間家裡很混亂，母親還因此得了輕度憂鬱症，要走出來的確不容易，等比較穩定以後已經是第三年了，然而我卻一直無法忘記你，雖然我們之間沒有什麼交集，但我卻清楚記得那一次我們三個人一起去看電影的畫面，我從來沒見過姊姊這麼開心，我覺得翔哲你一定能帶給姊姊幸福的，畢竟你是姊姊的初戀。後來聽說你們分手，我還對姊姊生氣了好久喔，她總是這樣，所有事情都等到決定了以後才跟我們講，但我很愛姊姊，也喜歡翔哲你喔，結果你們兩個竟然這麼自私說分開就分開了，當時的感覺就像小女孩聽到肯尼和芭比私自決定分開那樣不可置信呢。」欣蕎深呼吸一口氣。

我本來想道歉，但是又好像覺得沒這個必要，所以持續保持沉默，況且我也不想再提起晴蕙。

「對不起喔，劈哩啪啦講了一堆。」欣蕎有點不好意思的搔搔頭髮。

「不不，我才要道歉，這麼久沒見面，一見面就讓妳看到這樣狼狽的我。」

「翔哲你現在變成浪子了喔，好飄泊的感覺。」欣蕎瞇起眼笑了三秒鐘，加州陽光也向我閃了三秒鐘。

「是啊，浪子尾，酒鬼頭。」我說。欣蕎捂住嘴笑，眼睛彎彎地像月亮。

「換你說了，你剛想說什麼。」

「我……呃，我只是想說妳變得很有氣質。」我說。

欣蕎的小麥色臉頰蓋上淡淡粉紅。「哇，你不只是個浪子，還是個騙子，一定很受女孩子歡迎吧。」

「喔，關於這一點，因為我是慣性失眠者，所以經常會將那些女孩當作綿羊來數，但數到63的時候我就睡著了，總是數不完，很懊惱。」我一臉正經。

「唷，真是辛苦你了喔……」欣蕎笑著說，然後窗外聽得見淅瀝的雨聲。

那晚，我和欣蕎上了床。我不知道為什麼會發生，何時發生的，也不知道到底我們是基於哪一個理由而上床，我們之間並沒有見了面就情慾高漲的感覺，但為什麼呢？這樣做到底是對是錯呢？我無法給出一個明確的答案，只能將接近實際狀況的感覺描述出來，可是我覺得還是不夠，因為那個晚上的美好實在是無法用言語來形容，美好得幾乎接近死亡。

我記得那是在一陣玩笑的話語結束後，我們之間插入了很長的一段沉默，窗外的雨聲好像承受不住什麼而大量落下，窗面的雨滴將附近投射過來的霓虹光像冰珠一樣凝結起來，我突然感到有點寒，背部稍微縮拱起來，這段沉默的時間我一直望著手中的馬克杯發楞，欣蕎則是無神望著我身旁的空氣但思緒不曉得飄在哪裡，此時，電腦的歌曲好像在暗示什麼般宿命地跳到 Simon&Garfunkel — The sound of silence

Hello darkness, my old friend
I've come to talk with you again
Because a vision softly creeping
Left its seeds while I was sleeping……

我很訝異欣蕎也會聽這首歌，因為溫暖的音樂，那一瞬間我們的心好像緊靠起來，我掉入了某段時代的回憶，欣蕎將唯一一盞落地燈關掉，房裡掉入黑暗中，只剩下窗戶止不住外頭的光線昏昏的飄進來。我有點緊張而且覺得應該要離開的，但我卻沒有這麼做，雙腳無法動彈，好像離開是一件極為不正常的動作，而這首歌也極其需要黑暗。我們靜靜地聽著這首歌，唱到了tcuched the sound of silence……欣蕎好像突然想到什麼起身朝我走過來，從窗外透進來的光線十分微弱，只貼在欣蕎那掛著哀傷的左半臉，她嘴唇微微發抖，彷彿想要講些什麼可是卻無法找到適當的字句，所以只好那樣卡在半空中，那深黑發亮的眼珠子令我不由得一楞，而我能感到她的情緒即將傾瀉出來，就像暴風雨即將來臨之前的涼風，我保持坐姿無意識地伸手將欣蕎拉過來擁抱著，耳朵貼著欣蕎的腹部，那裡有一些空曠的聲響，是孕育人類的原始溫柔，我感到安心但又含有悲傷，所以我抱得更緊，欣蕎身體顫抖蹲了下來開始抽抽搭搭的哭泣，眼淚不斷地湧出來，我輕撫她的背，我想欣蕎忍得很辛苦吧，但我竟然都沒有發現，聽著欣蕎的哭聲，我思索著剛剛我在大街上流下的淚水，是否我們就像彼此的開關，很自然的將晴蕙死去的沉重心情打開流向對方身上，這是否是一種情感的流動，這是Rainy所說的

Circle 嗎？

欣蕎哭了好一陣子，我一直不斷試圖安撫她的情緒，很怕她無法停止下來，還好，她的情緒總算回穩，但我們卻開始接吻，是誰先開始的我完全記不得了，我只記得當雙唇碰觸時我們就分不開彼此了，那瞬間，我能感覺到這人生尋尋覓覓就為了要找到面前的這女孩，女孩也是為了要找尋我而存在著，那樣互相依存的感覺圍繞在我們身邊，我慢慢的脫下她的衣服，她也開始解開我胸前的鈕釦……呼……吸……吸……呼……我們的喘息聲像雨天的伴奏曲，不，抑或雨天是我們喘息聲的伴奏曲。

「我……」我想要開口說些什麼。

「噓……」欣蕎用食指止住我的唇。

我像潮水般淹沒在欣蕎的上方，她的身體出乎意料的柔軟與冰涼，欣蕎閉上眼深呼吸露出溫柔的笑容，可是身體卻微微顫抖，那笑容我永遠無法忘記，好像在告訴你現在正在做的事情使她印象很好，她了解也相信你，而且她的身體也相信你的身體，就有如你所期待的那樣美好。我們放鬆地但卻也帶著一點點哀傷地做，下一首歌是Simon&Garfunkel——Scarborough fair，那恰好的溫柔歌聲領著我們像飄緲的雲霧般離地飛起，我能感覺身體在離床面五、六公分處飄著，在那雲霧裡我們享受著寂靜和單純，全世界只剩下我們一般完全交融在一起，我們擁抱著彼此，那力道大得不可思議，是那種強烈需要對方的擁抱，雖然我不曉得欣蕎怎麼想，不……在那瞬間我可以知道欣蕎也是跟我一樣的想法——從來沒有遇見過如此渴求彼此的擁抱，以後可能再也不會遇到了——我有些惆悵，我想以後即使是同一個人也無法遇到這樣完美無雜質的時間點，我們將身旁的所有雜念全部丟棄了，欣蕎的身體隨著感官刺激不斷升高而放縱，我使出的力氣幾乎讓我產生短暫暈眩，彷彿互相都深熟彼此的身體，本來悶聲的欣蕎在結束前也激烈地放聲喊叫，那叫聲卻讓我感到哀傷，我們好像一起正逼近死亡，逼近我們的死亡，逼近晴蕙的死亡，也逼近完美後所剩下的死亡，好像下一刻我們就可以什麼都不管的死去了。

起身穿衣時，欣蕎從棉被裡露出一小截裸背，對著我彷彿就像冬眠的小生物筋疲力竭的沉沉睡去，但我卻相反地怎麼也睡不著，今晚的每個畫面轉變成無形強烈的餘韻圍繞在我四周，有很多事情我還是不了解，我仍站在現實世界的地面上，夢幻與現實不斷互相佔領城池，我感到有點疲累，我想離開又覺得太失禮，但我無法再繼續靠近欣蕎，為什麼呢？我竟然感到有點羞愧，不過也是吧，與過世的前女友妹妹久違重逢就上床，好像只有在什麼莫名其妙的電影裡才會發生的劇情，我手托著臉頰坐在小沙發上凝視著欣蕎的背影，一直思索著這件事到天矇矇亮後不得不離開時才走，我在欣蕎的耳邊說聲我先走了，欣蕎微微點了兩次頭，然後我將她棉被蓋深點留下手機號碼後離開。

坐上的士後身體才感覺重度疲憊，剛才真的釋放出很誇張的力氣啊我心想，在進入過海隧道前能看見前方太平山的迷濛景色，從窗縫中流入潮溼的氣味，進入隧道後聲音特別巨大，轟隆隆響著，所以我將窗關上，低下頭，嘴裡哼著 The sound of silence，全身還像是被欣蕎的溫柔所包覆著無法思考，但我的確不想就此與欣蕎結束，我們之間似乎還有什麼未完成，不應該是這樣的，但是命運，會帶我到何方呢？

隔天研討會還好只有進行到中午，我整晚沒睡帶著昏沉的腦袋坐在研討會的最後一排，台上偌大的投影幕正顯示著微軟Window7各項driver以及解讀許多配套程式的設計方法，台上的香港微軟公司首席程式設計師正流暢的進行講演，但對我來說，最偉大的集體催眠場景莫過於此，不斷被美國法律控訴壟斷市場的比爾蓋茲仍在西雅圖的豪華湖濱別墅過逍遙生活，依舊一秒鐘賺兩百五十美元，引領世界潮流的賈伯斯到現在都還無法退休的秘密進行內臟移植手術，人的命不過百年，扣除稚齡和痴老階段能夠好好利用的也不過六十年，我想最後真正存活下來的只剩下windows和蘋果電腦吧，就像萬物都靠大海存活，但真正存活下來的只有大海而已。意念一轉，我想著夏天的海濤聲又想起晴蕙，但影像浮現後是晴蕙抑或是欣蕎已經有點不太清楚，昨晚擁抱她的觸感，薰衣草味道的髮香像穩定的電流般刺激著中樞神經，然後繼續想著昨晚的淚代表的意義，我在無法控制自己的時候會習慣去探究心理狀況，就像挖洞一樣，但挖得越深越會害怕接下來出現的東西。

研討會結束後，我想我必須要靜一靜，所以刻意避開接下來要去九龍吃海鮮進行社交的活動，欣蕎打電話給我說剛好她也在這附近，所以我們約一個小時後在地鐵站碰面，欣蕎說要帶我到一個安靜的地方。我們一起搭地鐵在鑽石山站下車，這裡我也非常熟悉，因為會到這裡是當初跟晴蕙一起看了陳果拍的《香港有個荷里活》後想來這裡朝聖，電影場景消失，貧富差距極鉅的大磡村已經全部拆除，當然，也沒有看見富有魅力與心機的妓女東東和憨傻的豬肉販子，但卻意外發現位在地鐵站附近的志蓮淨苑，晴蕙因而愛上這地方。可是現在走在我身邊的卻是欣蕎。

平日的下午，苑內非常安靜，除了兩個在苑內做打掃的中年婦女以外沒有任何人，我和欣蕎並肩經過她們身邊，她們向我們點頭致意，欣蕎用粵語跟她們打招呼，陽光從灰色的雲層中像光劍一般穿插而下，有點將要下雨的味道，從山門走進去，池裡的蓮花沒有開，有點憂愁但又安心的含苞低望著倒映天空的池面，風一吹，苑後方的小山就傳來窸窣的聲響，好像在告訴進來的人放下一切。穿過天王殿後再走進大雄殿我們雙手合十向長眠於此的哥哥張國榮致意，然後在木造長廊的某處坐下閉目沉思聆聽風吹的聲響，我轉過頭望著欣蕎的側臉，今天的她感覺特別舒服，七分窄版褲和斜肩毛衣，頭戴著白色的毛線帽，那內雙眼皮裡的眼睛像是在呼吸一般微微鼓動，她把毛線帽拿下來折好放進包包裡時露出一對小巧的耳朵。

「妳的耳朵很小。」我說。

「是啊，沒福氣。」欣蕎拉了拉耳垂，我幾乎可以感覺到那股柔嫩。

然後我們又繼續沉默，在來的路上我們之間的話題不再出現晴蕙，當然，昨晚發生的事也不再提起，那就像有股透明的氣團隔開我和她，但我們的確都想要向對方索求些什麼，這我能感受得到，像兩人走路時經常越靠越近，過馬路時她會乾脆地抓著我的手臂，力道並不輕，有時我會乾脆地摟著欣蕎的肩膀，但也持續沒有很久就放了手回到原位。

「對了，都還沒問你是來香港度假的嗎？」欣蕎問。

「不是，來出差的，25號回台灣。」

「25號。」欣蕎把手機翻開按了兩下。「還有五天呢，明天週末了，要不要一起出去走一走，讓我盡一下東道主之誼。」欣蕎說話的時候總是有股暖和的溫度。

「這樣會不會太麻煩妳了。」

欣蕎輕鬆的搖搖頭。「難得嘛。」

「那妳會來香港是因為什麼？」

「我大伯是個畫家，從義大利回來以後就開始在各地經營畫廊生意，香港算是他畫廊生意的重心，我剛好也是學美術方面的，所以就過來幫忙囉，這幾天有機會再帶你去見見他。」

「美術？妳專攻哪方面的？」我問。

「精工，就工藝類的啦，像珠寶設計啦、金屬木頭雕刻等等，不過我在這裡是做總務會計方面，並不靠專長吃飯囉，因為總務會計這類的事還是比較相信自己人。」

「父母不會反對嗎？女兒跑到這麼遠的地方來。」

「你猜得沒錯，當時父母都強烈反對，其實很早之前我本來也要出國念書，但這突如其來的事件導致我的計劃都必須停擺，後來事情雖然都善後完畢也過了一段時間，但我還是一樣只要提到離開家的隻字片語就會踩到地雷，母親動不動就掉淚，家裡瀰漫著一股不尋常的詭異氣氛，實在讓人喘不過氣來，當時為了照顧崩潰的父母以及張羅後續相關事情，我可是用盡力氣，所以我必須保持冷靜，但大人們並不這樣想呀，爸媽還覺得我很冷血，我記得後來葬禮結束那天晚上，我躲在棉被裡哭到天亮，真是說不出的委屈，當時發生了好多事情啊。」欣蕎將臉龐往上抬像是要止住淚水往下滑。

「對不起，我問了蠢問題。」

「不，不是你的錯。」欣蕎給我一個勉強的笑容。「是我沒用。」

「妳看過《畢業生》嗎？達斯汀霍夫曼演的那齣電影。」我打算轉移話題。

「有啊，怎麼了？」

「因為昨晚聽見Simon&Garfunkel，非常懷念。」

「是的，我很喜歡他們，我覺得他們的音樂最接近天堂，還有電影我也看過無數次了。」

「難怪……」我停頓一下。

「難怪什麼？」欣蕎托著腮轉過來面對我，歪著頭一副疑問的模樣，眼珠子在陽光下盪漾著水波，我以為美麗是一種主動性、置入性且帶有攻擊意味的表象，比起晴蕙主動式的美，欣蕎的美就是來自於不自覺的，仔細想想，如果欣蕎和晴蕙站在一起，的確晴蕙的光芒會完全掩蓋住欣蕎，但就正因為這樣，除去那層光芒後，會更清楚看著欣蕎的純粹，那種不自覺的純粹美。

「難怪，羅賓森太太，妳一直試著誘惑我，是不是。」我笑著用食指對著欣蕎講了一句電影裡的台詞。年少未經世故的男主角面對誘惑他的已婚羅賓森太太一直不斷地講這句話，那畫面令人印象深刻，雖然最後他們還是上了床。

欣蕎的臉很快紅了一片，她用手掌打我的肩頭好幾下。「哪有！」

「唔哇，妳的力氣好大喔。」我吃驚地用手揉揉肩膀，欣蕎的力氣比想像中還大得多。

「當然，我是專攻雕刻的，曾經刻過比我還高三倍的巨大木頭喔，雕刻刀握不穩可是會受傷的，所以，不是開玩笑的，別激怒我喔。」欣蕎握拳彎著手臂擺出大力水手的動作，又是那樣不自覺地美麗笑容。

「奴才不敢。」我做了一個欠身的動作。欣蕎笑了起來，她的笑聲好令人懷念，像風鈴。

「嘿，翔哲，不管怎樣我還是要再說一次。」

「什麼？」

欣蕎低身靠了過來。「遇見你……」她的手掌溫暖的覆蓋在我的手背上。「真好！」

我呆住了。

「我去買瓶水給你喝吧。」欣蕎說完就留下我走開。她似乎有些緊張。

我那許久未曾跳動的心不知怎麼回事強烈的吵鬧著，我不能控制自己想像欣蕎的身體和昨晚的情景，那使我呼吸紊亂，我花了一陣子來平息自己的高漲情緒，直到欣蕎拿了瓶礦泉水給我。

我們靜默地在蓮苑周圍漫步，雲層裂開的縫隙越來越多，已經隱約看得見太陽的圓環光暈，但還沒有下雨，我似乎猜錯天氣了，欣蕎和我並肩走著，她的身形的確比晴蕙高得多，讓我不得不也注意一下自己的背有沒有伸直，偶爾我會瞥見欣蕎的側臉，她總是掛著淡淡微笑，好像心裡裝著甜蜜的糖果罐不得不微笑那樣。我們相約隔天再見面，今天我的狀況不好想要早點回飯店休息，而欣蕎也要先回畫廊幫忙，我們在尖沙咀站分開，我繼續往下一站前進。

「你真的覺得我變很多嗎？」欣蕎在分開前躊躇著問我。

「有啊，真的變美了許多喔。」我說。

欣蕎低下頭。「沒有，我又黑又胖又醜，比起姊姊差太多了。」

「怎麼會，欣蕎妳真的──」地鐵列車關上了門打斷我的話，我望著列車慢慢地穿入深黑的洞裡，我對著空氣說：很美。

她離開後我有點悵然若失，地鐵快速的移動產生空氣摩擦的聲音，不曉得是不是因為她是晴蕙的妹妹，這一點讓我又感到類似近鄉情怯的情愫，就像我想再多了解她一點、再多靠近她一些，但晴蕙的存在卻讓我不能再前進，雖然晴蕙已經不在這個世界上了，永遠地。

之四／每一個標示都應該要指向我們最初來的地方

回到飯店那晚我又作了一樣的夢，在黑暗中女孩問我是否記得她，我回答當然，劇本一模一樣，只是女孩的臉龐我已經無法肯定是晴蕙還是欣蕎了，是否欣蕎也在我的心裡活著呢？那隻藍色蝴蝶到底代表什麼？我還是無法參透。隔天早晨，欣蕎打電話來的時間令人吃驚的早。早上八點的時代廣場，一出站即看見人群流動的景觀，交談聲、走動聲、行人號誌的滴答聲、汽車喇叭聲等，城市正用力活著的聲音。如同那晚一樣，我很快在人群之中找到欣蕎，這彷彿變成是我的特殊能力，欣蕎穿著簡單的窄管牛仔褲和短跟鞋，看起來極為保暖又不厚重的棕色毛呢大衣裡穿著一件白色針織衫，手臂勾著一只粗麻包，似乎裡面裝有很多東西，她的頭一側，綁起來的馬尾就跟著快樂的擺盪，呈現淡小麥色的皮膚就像溫暖的陽光向我投射過來。

我們要到赤柱，那是在香港島背後的一個小地方，沒有地鐵站所以必須坐巴士，我們在廣場對面的小巷子裡坐上巴士，人並不多，但大半都面無表情的望著窗邊，相較之下欣蕎臉上的微笑就顯得特別珍貴。巴士下了高速公路，司機一邊哼著我不知道的歌曲一邊以令人吃驚的高明駕駛技術穿梭狹窄山道，經過了一些在港片裡好像看過的高級住宅區後，海面和沙灘就從樹林間出現，我們在站牌下車，穿過一個小公園就看見淺水灣，早晨的霧還未完全被海風吹散，沒看見雲，只剩下太陽像顆白月靜靜待在接近霧白的天空一角，未散的晨霧將南島陽光變得和藹可親。

「妳不怎麼穿裙子喔？」我問。回想起來，晴蕙好像沒穿過長褲，就算不是裙子也是短到誇張的短褲，晴蕙很喜歡她自己那雙細如玉白長笛般的腿。

「我……腿不好看，穿起來很醜。」欣蕎低下頭。

「怎麼會。」我說。

欣蕎搖搖頭後就沒講話了。

海面中有幾個黑點移動著，欣蕎說是住這附近週末就會來游泳的有錢大戶，都是舉足輕重的角色，但這些人在大海中卻顯得如此渺小。我們坐在樹蔭下，腳踩著還有點溼度的沙，欣蕎從包包裡拿出夾有蘋果沙拉的三明治給我，然後自己滿足的將她那份咬下一大口，海面傳來空曠的味道。

「不好意思，這麼早把你叫出來。」

「沒關係，不過的確是有一段時間沒這麼早起了。」我伸了個大懶腰然後大口呼吸。「這三明治很好吃，妳自己做的？」

欣蕎點點頭。「謝謝。」

欣蕎將視線放到遠方。「週末的時候，我都會自己一個人來這邊走走，住在那狹小的市區裡真是很難受呢。」

「妳很喜歡自己一個人獨處嗎？」我說。海風似乎有放慢的跡象，非常溫柔的撫弄著我們的髮。

「不算喜歡。」欣蕎搖搖頭。「有時候也會寂寞得近乎恐慌，手機拿起來就亂打電話找人陪，後來覺得那樣很不好，因為會伴隨著更多更多的失望出現，所以就逼自己換個環境啊，來到香港後『病情』就比較好了，因為來這裡總是一個人啊，又沒什麼朋友。」

「好像有一本書裡寫過：『不是喜歡孤獨，只是討厭失望的感覺』，所以才會逼自己獨處，是不是？」我思考了一下，但想不出來書名。

欣蕎將視線放到天空想了一下。「喔！是《挪威的森林》。」

我嘆了口氣。「喔，原來是它啊，不知不覺中這書好像變成自己本身的一部分了。」

「是啊，它活生生的喔。」欣蕎說。

我回想到第一次看這本書是在十七歲的時候，那離我好遠的時光，直到第二次看完已經是二十歲了。只記得當初有股淡淡的憂愁圍繞在青春歲月的空氣中，我們倆都不說話望著海面一陣子，一邊吃著三明治一邊喝著氣泡礦泉水，好像一起在對這本書做什麼紀念儀式。

「妳會不會覺得很神奇，有很多書都已經存在世界上好幾十年甚至百年，但是到現在還是有許多年輕人在讀，市面上暢銷的書也有很多都是好幾十年前或是百年前的經典著作，而且不只是書，連音樂、電影都是在緬懷過去，所以另一方面我在想，活在現今世界裡的人是否會跟過去的人想法越來越趨近一致，漸漸的，兩條時空平行線交叉。」我認真的將兩隻手指交叉在欣蕎的眼前。

「你是說，會發生像時光機那種事情嗎？」

「不是，時光機是很現實科技的東西，我說的是想法，覺得現在穿著T恤、襯衫、迷你裙的人，跟過去穿著唐裝旗袍或戴著黑帽使用懷錶的人，想法並沒有差異，而且越來越有共同性，這樣只是景象不同，但其實我們都活在過去，而歷史，也只是個像日記本之類的東西罷了。這樣想的時候，感覺時間簡直停滯下來不動了。所謂人類進化、科技進步之類的，只是堆疊在極度不穩的沙塔上，我們的世界其實是在倒退。」

「沙塔如果崩塌了怎麼辦？」

「這樣很好啊，我們都回到了最初。」我笑著用手指擎著剩下的蘋果沙拉三明治吃完。

欣蕎若有所思的沉默了一會兒。

「有時候我會覺得，這個世界的每一個標示都在告訴你目的地在哪，下一個城市在哪，下一站在哪，告訴你該往哪個方向走，告訴你這個方向禁止，告訴你這邊要轉彎，但其實不是不應該這樣的嗎？**每一個標示都應該要指向我們最初來的地方**，這樣我們到了哪裡才不會忘記最初。」

「我懂了，那所以……我們這樣的相遇，是不是也是一種回到最初的方式？」欣蕎問。

我聳聳肩表示我不曉得。

「我也想回到最初，可是，好像怎麼樣也回不去了，不管那標示多麼清楚。」欣蕎語重心長地說，其實，在心裡的某個地方我不能再同意她更多了。

抬頭望，晨霧漸漸溶解在溫柔的陽光裡，太陽像分針一樣往更高的穹蒼微動半格，海面上吹來世界的呼吸聲，在沒注意的情況下沙灘上已經有人在散步，兩對情侶，喔不，或許只有一對，因為其中一對之中的女孩將手背在後面一副害羞模樣，身邊高壯的男孩表情也顯得稚氣，另一對則大方的勾著手，不時還停下來擁抱接吻，兩對都十分年輕，在陽光沙灘配著海浪背景下的他們都顯得如此幸福，就在這些畫面產生的瞬間，我突然回想起那晚跟欣蕎做愛的畫面，背部一陣麻，全身簡直浮凸起了雞皮疙瘩，我用眼角的餘光望著欣蕎，她咬了咬豐潤的下唇一直注視著那對又開始熱情擁吻的情侶。

「那晚……我們到底……」欣蕎輕聲的說，好像剛剛聊的話題都不是重點而現在才是的語氣。

「妳現在疑惑的，應該也是我現在疑惑的，而且……我也沒有答案。」我說。

但我們的目光還是不敢接觸彼此，只能直直望向前方。

「嗯……」欣蕎深呼吸了一口氣，再慢慢吐出來，能感覺這口氣是帶點混亂的顫抖的，她的雙手交握在腹部前方搓動著。

「我該道歉的，我不該……」我又開口。

「過份！我又不是要你道歉。」欣蕎的臉色一變抓著包包起身走向沙灘。

糟！說錯話了，我懊惱的搗頭幾下也起身追過去。

「對不起，我不是那個意思。」我跟著欣蕎踩在沙上的腳印走。

但欣蕎仍然沉默，於是我追了上去陪在她的身邊。我們就這樣並肩從淺水灣的西角慢慢踱步走到東角，在這象牙形的海灣，欣蕎時而往海面望去，時而看看我，但總是默不作聲，我也找不到這陣沉默的切入點，實在不擅長處理尷尬的氣氛，我突然想起這幾年和各種女孩們相處的往事，都是以乾脆分手作收場，人與人之間不是這樣嗎？一個從東邊來，一個從西邊來，相遇、各取所需然後分開，交叉線，對，交叉線，也像Rainy所說的，圓建立起來後就會斷掉，我的思緒飄得好遠好遠，此時一陣風讓我們都停下腳步，欣蕎額前的瀏海被溫柔的拂起。

「你曾跟姊姊吵過架嗎？很嚴重的那種。」欣蕎問。

「怎麼突然這麼問。」我說。

「沒有為什麼，可能開始對你有些信任感，所以想跟你談談姊姊的事情，印象中沒有聽說過你們吵架，雖然姊姊很多事也沒有對我提起。只是印象中。」欣蕎完全跳開剛剛的氣氛，是我想太多了嗎？

「很少吵架沒錯，不過似乎有這麼一次，我記得也是在像這樣的海邊。」我低頭思考了一下。「對了，是去墾丁的那一次，還滿嚴重的。」

「為什麼而吵？」

「很無聊的小事。」我心底一陣刺痛。「當時我正翻著一本小說，忘記書名了，總之那是一本隨處都有類似短文文摘的小說，裡面有寫著一句話：**在愛情中，每個人都有被愛的權利，可是對方並沒有義務愛上你，愛是自私的。**」

欣蕎沉思了一下。「寫得滿好的啊，就我認為。」

「晴蕙問我愛情是這樣的嗎？當時的我大概是這樣回答：之所以人會愛上另一個人，是因為愛上了自己欠缺的一部分，每個人都想要讓自己變得更完美而去愛人，晴蕙說這種愛真的很自私，我說，妳想要的愛哪一種不自私呢。晴蕙好像不太同意，所以就有點爭執起來。」

欣蕎若有所思的點點頭並等著我繼續說。

「晴蕙說：我不顧一切付出想要換來被愛的感覺也算是自私嗎？這不是單方面的，我感受到對方也愛我，所以我才努力的往前衝，就像對方只走了十步，我卻往前走了二十步，這樣子而已，所以不算自私，頂多只有不平等而已。然後，晴蕙問我是否因為想讓自己變得更完美而愛她，我回答不出來，因為回答是也不對，回答不是也感覺違背自己的心情，當時的確是這樣想的，所以我們在墾丁夏都的私人海灘旁冷戰，雖然是炎熱的春末夏初，但能感覺存在於我們之間的空氣瞬間結凍。就這樣，那次的旅程並不太愉快。」

欣蕎瞪大了眼睛，一副「原來姊姊也會說這種話」的表情，她將視線放到遠方輕輕的嘆口氣。「我跟姊姊從來沒有吵過架，但並不是感情特別好喔，而是我們之間好像隔了什麼類似海綿的東西，我口中說出的話在通過我們之間就被海綿吸收了，我常常在想，如果可以的話我也很想跟姊姊吵一場架，雖然是很奇怪的想法，但我覺得有吵過架代表是在乎啊，尤其是在十幾歲剛出頭的時候，希望當姊姊最親密的朋友，當然，也有類似仰慕的情份在裡頭，姊姊長得漂亮功課又好，身邊總是圍繞著對她縱容奉承的人，但那時候她太忙了，忙著考大學，忙著打工存錢出國，忙著當親戚面前的小天使，姊姊她對我太溫柔太理性了，幾乎所有任性、依賴、吵鬧的代名詞都落在我身上，我常在想，為什麼姊妳不罵我呢，為什麼姊妳不跟我談談心事，談談翔哲呢？我交過男友，也知道男女之間的事情啊，可是姊都避重就輕，她就這麼近在眼前，但感覺卻是在千里之外。」

「其實，我也跟妳有一點相同的感覺，雖然我們曾經這麼的親密，但是她心中似乎有什麼地方是我到達不了的，她總是會反芻我的話然後嚥下去，就這樣話語消失了，我們的相處情況仍不會改變，她仍然像淡淡的陽光一般照射著我，我仍然給著她認為還不太夠的愛情，持續的走下去。」心中的烏雲好像被欣蕎撥開似的，我沒有這麼認真講過晴蕙的事情，自從她死後我就不把往事提出來。

「我也有這樣的感覺，為了要到達姊姊心中那個地方，追得好辛苦好辛苦。」欣蕎皺著眉說。「就在快要接近那地方的時候，卻隱約發現姊姊其實一直在求救，而我卻救不了她。」

「求救？」

欣蕎點點頭。「不是說大聲喊救命的那種求救，而是一種印象、一種感覺，她一個人獨自為各種事情煩惱並且被困住了，父母無法替她承擔，離她最親近的妹妹我也無法，我們雖然身為姊妹，可是成長的世界其實相當不同，因為跟姊姊比起來我們都是平凡人，她太聰明太亮眼了，相較之下我就像黑白電影裡的小丑一樣不起眼，所以她藉由愛人讓自己解脫，但她仍在求救，因為這些還無法填補她心中的黑洞，當愛一個人無法使她解脫時，她就傷害自己。」

「傷害自己？」我無法相信自己耳朵裡聽到的話。「她應該不會做這種事吧。」晴蕙在我心中是以夏天的姿態自居的，我從來也不知道她心中有過什麼黑洞。

「我突然想起姊姊的一件事情，我可以說嗎？」欣蕎小心地說。

「喔，當然，沒什麼不行的。」我說。但心中的弦繃緊了些。

「姊姊國中三年級的時候曾跟我在校外教學的旅途中跌入了山區礦坑的通氣口裡。」欣蕎又繼續往海面走去，我跟在旁邊，腳底下的柔軟使我們腳步更慢了。

「我們當時脫隊了，是因為姊姊好奇那隻藍色大蝴蝶，然後一直跟著牠往林中的深處走去，我也跟著姊姊背後走，等到我們驚覺身旁都沒人的時候已經來不及了，山區的傍晚開始起霧，我們找不到回去的路，高大不知名的野草將四周都佈置得一模一樣，簡直就是天然的迷魂陣，我害怕得頭皮發麻，心都快要跳出來了，光線也逐漸暗了下來，我緊緊抓著姊姊的手找路，我們彷彿被世界給遺棄了那樣孤獨，好可怕，我連大聲喊叫的力氣都沒有，只有姊姊鎮定的一直大聲求救，但是一點回應也沒有。」

藍色蝴蝶從欣蕎嘴巴裡講出來的時候我的腦子一陣麻，我沒有說話繼續等待欣蕎。

「我們大概走到一個浮凸的台階，那上面長滿野草，只是稍微較地面隆起，正當姊姊跨過去的時候，我的手感覺一緊，姊姊拉著我兩個人都跌入那被野草覆蓋住的洞當中，起初還以為是一口井，後來才知道那是廢棄已久的礦坑通風口，我無法形容當時的恐懼，那洞非常非常的深，就算我們姊妹身高疊起來還距離洞口好遙遠，洞底的寬度大概只有三個成人並肩大小，一瞬間光線消失了，一片黑漆漆的伸手不見五指，只有細微的風聲從頭頂遙遠的洞口傳來，我嚇得全身僵硬，就像雕像一樣一動也不動，連毛細孔都緊閉起來也發不出聲音，姊姊抓著我的兩手臂直喊著我的名字，可是我無法回答，腦袋一片空白，然後姊姊用力緊緊的抱住我，我不曉得抱了多久，十分鐘還是二十分鐘，總之那不是普通的抱法，而是只要一鬆手我和姊姊就會永遠分開的那種擁抱，緊緊的。」說到這，欣蕎停下腳步輕輕閉上眼然後再慢慢張開深呼吸，彷彿在感受當時的恐懼。我什麼也沒說，只有彎下腰撿起一個破碎的貝殼將它丟進已經離我們很近的浪潮裡，然後繼續等著欣蕎說下去。

「我在姊姊的懷裡放聲大哭，姊姊一直沒有鬆手，還不時的跟我說話：『不要緊喔，沒問題的，很快就會有人找到我們了，欣蕎不要哭，有姊姊在』，她不斷地在我耳邊哄我直到我情緒穩妥下來，但是我在姊姊懷中聽到她的心跳好用力好猛烈，她身體也不斷在發抖，偶爾還能聽到抽搭強忍住的哭聲，我想其實姊姊也很害怕吧，當時她也只不過是個國中生而已，她可是正面臨著死亡威脅的小女孩啊，那時候，她一定是下了決心要堅強，因為身為姊姊所以必須要保護妹妹，她當時一定有這樣的心情。」欣蕎蹲下來抓起一把海沙讓它們隨風消散，我也坐了下來聽海濤聲。

「在那無邊無際的黑暗當中，我能感覺到我和姊姊就像連體嬰一般完全地交融在一起，心與心之間一點縫隙也沒有的貼合著，如果人與人之間的關係有高峰和谷底，那我想當時是我們姊妹關係的峰頂吧，是我最接近她的瞬間，一點隔閡都沒有，她能感受到我的害怕和脆弱，同樣地我也能感受到她的，不用出聲就能夠了解彼此喔。大約幾個小時後，不算是很長的時候，我們被搜山隊的獵犬給嗅到，他們用繩索將我們拖出那黑暗的世界，那真是奇蹟，因為其實我們生還的機會很渺小，雖然獲救很開心，可是一回到地面世界後，我和姊姊的關係反而開始從峰頂滑落了，她一直很自責，如果她沒有追那隻藍色蝴蝶就不會發生這樣的事，如果她跌進洞中那瞬間沒有緊抓著我的手也不會讓我一起受苦了，雖然我覺得是小事，但她一直很自責，好像那是這一生她唯一做錯的事情，我怎樣都無法向她表達其實那沒關係的我還是很愛姊姊，怎樣都無法，她隔絕了我們大家好久，經常一個人回家就關在房間裡，父母和我都很怕姊姊會想不開，還把房間的鎖給拆掉不准姊姊鎖門，就這樣度過了那暑假，那真是黑暗時期啊。」欣蕎嘆了口氣，她的眼神也跟著哀傷。欣蕎所說的事情已經超出我對晴蕙的印象，那是我無法想像會傷害自己的晴蕙。

「後來晴蕙怎麼好起來的？」

「我也不曉得。」欣蕎搖搖頭。「就是有一天，姊姊突然從緊閉的房間裡出來跟爸媽說想學吉他，於是他們就買了把吉他給她，從此之後，她就開始苦練，整天悶在房間裡，常常聽到裡面傳出歌聲和弦刷動的聲音，當然，這樣的情況總比無聲好，所以我們算是稍微放心了點，爸媽常叫我去關心姊姊，不要只顧著自己，我很難過，我並不是不想跟姊姊好，只是我真的不曉得該怎麼做啊，姊姊離我太遙遠了，後來姊姊跟你在一起的時候，我覺得她變得很快樂，很真實，但很不幸的，對她來說這樣可能還是不夠。」欣蕎說完踢了踢腳下的白沙。

這句話好像打了我一巴掌似的，我感到有些暈眩，我是不是從來沒有一刻了解過晴蕙呢？所以她要我將她放在心裡的專屬位置甚至在夢裡也問我是否記得她，突然後悔的浪潮淹沒心頭，為什麼我當初在電話中不答應晴蕙呢？至少可以讓她開心一點，至少……是不是就不會發生了，是不是呢？我抱著頭蹲下來深深嘆了口氣。

「翔哲，不是說你不好喔，而是姊姊……」

「欣蕎，我懂妳要說的。」我手抬在半空中止住欣蕎的話。

欣蕎欲言又止的搖搖頭好像要堅持些什麼，但沒多久又放棄了般聳聳肩吁氣。

此刻一陣強而有力的噴射引擎聲劃破天際，淡藍色的畫布被縫上一條細白線，我們都朝天空望去。

「不過我想，晴蕙自責的部分也含有對妳的自卑感吧。」

「自卑?」欣蕎轉過頭來看著我。「你說姊姊對我嗎?」

「是的，不只是對妳，我想她對任何人都有一種自卑感。」

「不應該是相反嗎?我對姊姊才有自卑感。」

「不……」我肚子突然咕嚕的叫起來。

「有人肚子餓了喔。」欣蕎笑著看看手錶。「已經中午了耶，沒想到我們聊了這麼久。」

「突然有人有感而發啊。」我說。

欣蕎站起來拉了拉背脊。「是啊，不過能說出來感覺真好，謝謝你。」

「不，我沒做什麼啊。」

「不是喔，這或許是翔哲你的天賦，容易讓人家敞開胸懷的向你傾吐心事。」

我低頭沉思了一下。「嗯，這倒是，總是讓女孩傾吐心事，有時候這種天賦也是一種困擾。」

「很不要臉耶你。」欣蕎噗哧笑了出來。

我們繼續旅程到下一站赤柱，那裡有一棟維多利亞時期英式建築物名叫美利樓，古典氣息像座小城堡一般靜傍著海灣，附近散落幾間特色小酒吧，大部分都拉下一半塗鴉過的鐵捲門，好些外國人拿著相機四處拍照，這裡比起尖沙咀要來得悠閒，一來到安靜的地方，腦內的神經也都跟著放鬆了。聽說美利樓在日本佔領期間死過上千人，後來鬧鬼還請道士來這裡鎮壓惡鬼喔，欣蕎裝模作樣地對我說。

「妳確定我們要在這裡用餐？」我說。

「怎麼，你害怕啦。」

「怎麼會，我無神論的。」

「是嗎，所以你只信你自己？」

「不，我不相信自己，不過我只讓人相信我。」我也假正經的說。

「哼，講這麼好聽，那應該叫作騙吧！」欣蕎白了我一眼帶出我的笑容。

美利樓的服務生直挺著腰替我們點餐，我點了不是很有味道但名字很好聽的翡冷翠牛排，欣蕎不吃牛肉於是點了松露雞排，在用餐時據她的形容也不是很有味道，不過我欣賞他們服務生倒酒的姿勢我說，欣蕎則是喜歡鍍上一層漂亮金邊的餐具，我們都是欣賞主題以外的東西嘛我說。欣蕎笑了笑然後將刀叉放在食物剩三分之一的瓷盤上，端起裝葡萄酒的高腳杯搖晃著，視線轉向木扇窗外的南海，海面上漂浮著淡白色的游絲，風吹進來時有將要下雨時的曠野味道，但好像為了什麼而忍住尚未落下雨滴，我這麼感覺，我向後靠躺在桃木色的宮廷椅裡，餐廳裡播放著輕輕的爵士樂，遠方偶爾聽見低沉的船鳴聲，我靜靜看著欣蕎的側臉，潔淨小巧的耳朵上沒有任何耳洞彷彿一捏就碎，我甚至感到心疼，鬢髮的髮絲迎風搖擺，我啜飲一口葡萄酒，不怎樣的味道但卻令我沉醉。

跟欣蕎相處後漸漸能配合她的節奏了，我們時常沉默但並不會窒息，反而會產生一種安定感，但我也慢慢感受到她心底的深沉悲傷，那眼神深處的背後不曉得藏了多少傷痛，從小的自卑感、姊姊的過世、家庭的崩潰，這些種種一再打擊她瘦弱的心靈，雖然她習慣性的堅強，但她的情緒還是會不停往低處流然後再勉強的爬起來，就像沉入水中的鉛球，不論怎麼托住它，鉛球本身的重量就會一直往下沉，我想她說如果能犧牲自己換回姊姊這句話不是假的，她是認真的，欣蕎一直很辛苦的活著吧，這樣的生命力其實搖搖欲墜，令人不禁替她擔心。反觀自己，其實跟欣蕎也有點類似，想起露露傳給我的簡訊：「其實你要的就只是性吧？」在事情都還未明朗之前我就跟欣蕎上床了，羞恥之中卻又包含那如此美好的性愛，雖然很確定這不是隨便的關係，但在現實的眼光下的確極度不正常，但我又沒力氣去解釋這一切，一直以來我都是羞恥般活著，戴上風流的面具，隨意的處理身旁女人關係而活著，然後我又因為想起阿飛而想起太宰治，如果現在有人在我耳旁說：其實你的所作所為都是在假裝吧。我一定也會像人間失格裡的主角一樣嚇得冷汗直流吧，『你會不為世間所容！』這段書裡的句子不斷在我腦海裡徘徊，我們都不會被世間所容吧，不論是悲傷的欣蕎，或是假裝風趣的我，我望著欣蕎的臉發起楞來，問題之中還包含著另一個問題，迷迷濛濛好似英國冬日抑鬱般的天空。

「專屬位置？！」欣蕎睜著圓圓的眼睛看著我。

用餐後我大致上闡述晴蕙過世前一天從倫敦打給我的電話內容，這也是三年來第一次將這件事說出口，使我有些緊張，欣蕎一邊默默地聽一邊好像不曉得在思考些什麼不斷點頭，欣蕎認真的模樣讓我不禁想起了晴蕙，那幾分相似的靈氣在欣蕎身上流竄，一時之間好像回到過去一樣，時光也在流動著。

「所以這就是你認為姊姊內心含有的自卑感？」

我點點頭。「我想因為她從小是大家的目光焦點，所以更無法掌握自己吧，必須要扮演好環境分派給她的角色，這樣才能滿足周遭的人啊，雖然有很多奉承和誇讚，也享有許多特權，但有時候那還挺累人的，比較起來，我想她還會羨慕妳吧，不必像她那麼在意別人眼光而活著，在她身邊那些日子裡，我總會感覺到她為了要維持光亮而下了好大的功夫呢，那之中也包括我們之間的感情，或許最後會分開也是像妳所說的，我無法到達她內心深處吧，就因為如此，所以晴蕙要求我記得她，那就像在汪洋中想要緊抓一根浮木，可是我卻……我……」我雙手捂住臉嘆氣。

「怎麼了呢？」

「我沒有答應她，還來不及答應她就……」我又嘆了口氣。

欣蕎突然眼神一沉，她稍微用力的緊抓我的手低下頭，深呼吸地說：「翔哲，聽你這樣說，我越來越確定姊姊的死因不單純，我想那一晚，她要的不是承諾，她要的是告別。」

「告別？那為什麼會不單純？妳說她不是死於車禍嗎？」

「不，姊姊的確死於車禍，可是，我覺得姊姊有可能……有可能是自殺！」

自殺?!我在心裡喊叫一聲,海面上大船沉重的鳴笛聲幽幽飄散過來,那時光的聲響。

之五／每個人身上都拖帶一個世界

我們又習慣性的讓空白填滿這段時間，沉默好像變成我們的共同語言。為什麼欣蕎會認為晴蕙是自殺的呢？我在心裡不斷反覆地想，或許那天的電話內容含有告別的意味，但如果是真的，晴蕙又到底為了什麼會自殺呢？我完全無法想像，我在等待欣蕎再給我一些資訊，但欣蕎只說：「我們回去吧，有東西要給你看。」

於是我們回到了尖沙咀。傍晚時分的天空灑上淡淡的玫瑰色，在那漂亮天空底下的尖沙咀還是擠到水泄不通，欣蕎工作的畫廊位於海港城旁的小巷弄裡，入口處只有一扇門的寬度，雖然很擠但走上二樓以後就豁然開朗，桃木鋪成的地板很舒服地溫暖了約三十坪大小的空間，牆面用窯磚色的壁紙覆蓋而成，四周牆上掛滿了大小不一的畫像，隔間都被打穿了，只剩下角落和空間中四根方柱，方柱的牆面也都掛滿了畫，地板上兩排並列而成的畫板切開了兩條走道，走道後方安置著小櫃檯，甫走進這畫廊就令人感到心靜，裝潢雖然有些老舊但很有味道，外面吵鬧的聲音也幾乎被擋下來了。

在還沒看到欣蕎要給我看的東西前我們先遇到了欣蕎的大伯，以目視來看大約六十歲上下，微胖的身軀，乾淨的平頭上披覆著一層霜白，背部已有點佝僂，皮膚也狠狠的刻劃著歲月痕跡，不過在那厚重眼鏡後卻鑲著一雙炯炯有神的眼，他右手扶著老花眼鏡左手擎著類似佛經之類的小冊子正熟熟地讀著，手腕上以及脖頸間都掛著佛珠。

「大伯，這是翔哲。」欣蕎稍微簡單的介紹。不過大伯似乎對我興趣缺缺的只點了一下頭，然後又繼續回到了書裡的世界，之前跟晴蕙交往時只見過她的父母一次，這個大伯我就完全沒有印象了。

「隨意看看，不招呼您了。」大伯說。

「好的。」雖然如此我還是覺得大伯有親切感。

欣蕎又上三樓去找東西，我在畫廊裡四處觀賞畫，對畫我實在不是很在行，尤其這裡大部分掛的都是抽象畫，狂亂的筆觸，厚實的顏料一層層堆疊讓我無法融入其中。我一幅一幅的欣賞，最後在一幅女人的畫像旁停下腳步，這幅稱作為『凌波仙子』的畫像比較有寫實感，不過就好像焦距稍微調偏了，畫帶著一層紗，而且讓我有熟悉的感覺，畫中的女人也正在作畫，穿著一襲白色紗質連身長裙，頭髮盤了起來，雙眼專注在前方的畫架上，背景是在黃昏的海岸邊，那火紅的光芒為畫像打底，她右手伸出正在畫像裡點綴著，側臉的太陽穴上有一淡淡的斑點，不知道為什麼，我總覺得畫像中的女人正以很愉悅很自在的心情在作畫，再認真的看時都覺得她的鬢髮正在飛揚。

「當妳倚在碧波上
滿天的紅霞
便化成了朵朵蓮花
托著妳
隨風飄去
妳是凌波仙子」

大伯不曉得什麼時候走到我的身後，微笑著唸出這首詩，我轉身向他點頭問好。

「這首詩是您作的嗎？」

大伯搖頭。「不，我沒這麼厲害，只是用白先勇的《臺北人》裡一首短詩來借花獻佛一下，那是一位老教授在緬懷過去淡淡情史的詩，其實當初在畫這幅畫時也是想著這首詩。」

我點點頭。「很適合。」

「喜歡這幅畫嗎？」大伯笑瞇瞇的視線還是一直放在畫像中。

「喜歡。」我點點頭。「而且，我好像認得畫像中的女人。」

「喔？說來聽聽。」

「她是個從義大利回來的畫家，還幫我畫了一幅畫像，不過她不是普通的畫家，她能夠感應到一般人無法感應的事物，她把那能力稱作Circle，說是能感受到人與人之前互動的微妙關係……」說到這我打住了，覺得自己好像說太多了，我稍微瞥了瞥他。

「你繼續說吧，沒關係。」大伯還是一樣瞇起眼微微笑著，這樣的笑容讓我感到舒服。

「嗯，總之，她能感受到我和她之間的關係是特殊的，還有其他人的存在，或許是有什麼任務，或許是要讓彼此了解到什麼東西，然後任務結束後，這道人與人建立起來的圓就會斷掉，大致上是這樣，她花了三天的時間完成我的畫像，畫得很好，怎麼說呢，我也不太懂，她也曾經幫許多人畫畫，每一次都很成功，她說她的能力回來了，也終於了解她的命運是什麼了，我也能從那畫像中得到很多東西。大概是這樣。」我搔搔頭，還是覺得自己是不是對著一個陌生人講得太多了。

但大伯聽完卻爽朗笑開了，一直不斷的輕拍著手。

「唉，命運啊命運，真的是圓也是緣份。她真的了解了，很好很好，感恩上天，離苦得樂。」大伯雙手合十說著。

但我完全不懂，只能楞在那傻笑。

「我跟 Rainy 失聯了好久，年紀大了，我也沒有力氣去尋她，但最後拐了個彎還是回到我身上。」

「所以這畫中的女人就是 Rainy？！」我吃了一驚。

大伯緩緩點頭。「我從義大利回到台灣時曾經想找她，可是卻沒有立場去問她的資訊，一方面是她前夫的關係，一方面當時我也想快點來香港處理畫廊的事情，唉，她是一顆璀璨的明珠啊，卻被重重的業力給圍困住了。」

「原來，大伯就是 Rainy 提過的那個老畫家。」

「喔？原來她還記得我啊，很好很好。」大伯笑了笑。
「您說她被圍困了是什麼意思？」
「這個啊……」大伯抓撓著下巴。「人啊，本自具有大智慧的佛性，但因為靈性不滅，已活了千百萬年的前世甚至是前前世的靈性記憶會帶著業力統統都進入我們這身皮囊裡，相對靈性來說，人身不過就是一個載具而已，所以生命發生的那一瞬間也同時有業力進入，就像重重的烏雲掩蓋住我們的大智慧，當初Rainy走火入魔，業力操控了她影響她的身體她的周遭人事物，全部一場糊塗，唉，所以人到世上還是得透過修行來撥雲見日啊，所謂：明心見性，見性成佛。最後才能到達涅槃境界。」

我低頭思考大伯說的話，彷彿有什麼煙霧繚繞在我身邊，雖然我不了解什麼是真正的佛性，但我可以感受到命運那看不見的手似乎主宰了我們的一生，就像大伯所說的業力，那似乎是我們一出生就得帶下來的東西，看不見也摸不著但卻緊緊聯繫在一起，明心見性……明心……我看著眼前的畫喃喃地說，畫中Rainy的長髮好像飄了起來。

「今天遇見你實在也都是緣份，這個東西可否請你幫我交給Rainy。」大伯從櫃檯下方拿出一只方形橡木盒給我。表面有些灰塵，幾處裂痕沿著木紋而開，看起來應該之前經常使用但因為某種原因而棄置了，接過手後感覺很沉，盒內發出零零落落的碰撞聲響，打開後看見四塊拳頭大像石頭的物品還有十幾支大小不一純手工的木製畫筆，不規則切割的石頭散發著奇妙的粉藍黑色，有股原始曠野的味道。

「這幾塊礦石是特地從佛羅倫斯帶回來的，很珍貴，只有當地人才知道這礦石要去哪裡挖。」

「這礦石是用來做什麼的？」我問。

大伯笑而不答用手將盒子蓋回去。「等你拿給她自然就會知道了，請好好保存喔，我應該信得過你吧？翔哲？」

「嗯，我一定會拿給她。」

「還有……」大伯停頓一下。「你跟我們家欣蕎是怎麼認識的？之前怎沒看過你。」

「啊！不好意思，我都沒有自我介紹一下，我是……」避免複雜，我想了三秒鐘還是決定編謊說我是晴蕙的多年朋友同時也認識欣蕎很久了，剛好來香港出差巧遇，大致上講了一下沒有再繼續深入。

大伯雖然很淡定，但我已經看見他那雙逼人的眼產生了懷疑。「孩子，你應該知道她家裡發生什麼事情吧。」

「我知道。」

「因為晴蕙去世，她們家真是一團糟，可是欣蕎一直很堅強的處理姊姊的後事喔，一滴淚也沒有掉過，當時我記得她母親還在葬禮結束後罵欣蕎冷血，唉，她們姊妹倆因為住在老家爸媽工作又忙，所以從小跟我就親，尤其是欣蕎，我自己沒有孩子，老伴也在三年前過世，我視她為自己的女兒般疼愛，看欣蕎這個樣子我很心痛啊，當年要不是我硬把欣蕎帶到這裡來鬆口氣，不知道她還要在那個家裡受多少罪，並不是說做父母的偏心，但他們實在太把目光集中在晴蕙身上了，這孩子也是可惜了，好好一個品學兼優的漂亮女孩就這麼沒了，但留下來的人生活還是得過，所以，我可不准任何人欺負欣蕎喔，包括你在內。」

「不會不會……」我嚇了一跳。

「既然是多年朋友，有空就多陪陪欣蕎吧，同她聊天走一走，有時候我實在很擔心她，我老了，跟欣蕎也有些代溝，她的心事都藏得深，不好挖，我跟你也算有緣份，就幫我多照顧照顧她吧。」大伯輕拍了我的肩頭幾下。

「大伯！你在跟翔哲亂說些什麼呀。」欣蕎兩手抱著一個小紙箱突然出現。

「沒有沒有，我是在叫這個小帥哥好好照顧妳呀。」

「胡說，在這邊應該是我要照顧他吧。」欣蕎的臉龐飛上一小抹酡紅。我也不好意思的低下頭。

大伯送我一串表面晶亮的佛珠掛在手腕上，我道謝，他又說了一句離苦得樂，然後我望著他讀書的側臉離開畫廊。有一股清新的感覺。

翔哲：

在經歷過許多難堪的事情後想起你，真是讓我覺得很難受。其實來到這裡後，我有很多事情沒有勇氣告訴你，一方面是怕你受傷，另一方面也是害怕我受傷，還記得我曾經告訴過你的嗎？要得到愛情的滋潤就要有被愛情刺傷的勇氣，想想現在的自己還真是好笑喔，原來，我已經離那時候的我好遙遠了啊，所以，我只好把心情告訴信紙，通過信紙作想像的連結，想像你溫暖的大手，想像你說笑的表情，想像你生氣的可愛模樣，雖然這封信應該不會到你手上，但請一定要相信我此刻是如此的想念你而且就像心臟被抓緊了似的想念。來到英國沒多久我就愛上了一個男生。還記得當初在電話中跟你平靜分手的時候，其實我的腦袋裡滿滿裝的都是他，但我不得不隱藏住心中對他如火燒般的渴望，我怕傷害你，同時也害怕一旦說出口，我會永遠的失去你，那一瞬間我發覺自己自私得不得了，我無法接受你完全消失在我的世界裡，但同時卻瘋狂的愛著他，到底是怎麼回事呢？我也感到困惑，夜深人靜時都會想起跟你交往的這四年感情，我竟然如此輕易放棄掉而且並不感覺到後悔，我好想跟你聊聊，但是，這是不可能的對吧，就像你說的，愛情都是自私的，我現在終於能了解喔，或許我愛上他，也是為了看見自己完美的那一面吧，雖然是不是完美我也不能確定，但我的確被這樣的我強烈吸引，為了他我做了許多以前無法想像的行為，說了許多無法想像的語話。但我還是很寂寞，不是因為無法擁有他而感到寂寞，而是心疼他而寂寞，雖然他是個強而有力的男生，大方、幽默而且處世翩然，但我看得見他脆弱的地方，他越是表現出堅強表現出玩世不恭的壞男人態度，我就越是心疼，我一直在想我到底能為他做些什麼，但他總是在心門前加了鎖，拒絕任何人踏進他的世界，雖然他總是嘴巴上說什麼事也都無所謂，但我卻總是能看見他眼底深處寂寞黑暗的泥沼，我恨不得跳進那泥沼緊緊抱著他，結果不行，那鎖實在太過於牢固，你或許會覺得我這樣還寫信給你實在太過份了，但我很希望你能了解我現在的心情，因為這一切都結束了，他離開了，我的世界什麼都沒了，可是他並沒有錯，錯都是在我。現在我正翻著川端康成的抒情歌，好希望能化身成為在遠方法國山丘上的一朵小紅花，伸展著纖細的腰桿，吐露著美麗的芬芳，然後在冬天來臨前，悄悄的枯萎死去，泰戈爾不是說過嗎，生如夏花之絢爛，死如秋葉之靜美，說到這裡真的好懷念台北的河堤。

晴蕙 2006.9.18

原來欣蕎要給我看的是一封未寄出的信，信被夾在晴蕙最愛的川端康成《抒情歌》這本書裡，信尾的時間點是在晴蕙去世的前三天，因為夾在書裡沒有被發現，也沒人知道為什麼這封信沒有寄出去，所以一直到晴蕙死後兩年才被英國的學姊帶回來給欣蕎，當時欣蕎看完就懷疑姊姊的死因不單純了，不過經過了這麼久欣蕎也不想要再重新提起這件事，只有把這封信的內容放在心底，聽了我講述的故事再比對信裡的內容，欣蕎才恍然大悟，也許晴蕙真的是自我了結生命，這樣加強了欣蕎想要查出那個讓晴蕙深愛的人是誰的心情。

「可是我找不到那個人，一點資訊也沒有，姊姊似乎處在一段迷霧般的戀愛中。」

「迷霧般的戀愛……」我心想，那這樣我跟晴蕙到底又算什麼？

「姊姊先把自己灌醉，這樣就有酒醉駕車之嫌，然後在高速的狀態下將方向盤用力一打轉。」欣蕎顯得有點激動。「當時已經很晚，警方在公路上根本沒看見追撞車，監視器畫面也沒看到，只有護欄被撞得變形還有地面扭曲的胎痕，所以很快就研判是酒駕，一切都照著姊姊的劇本在走。唉，姊姊當時一定下了很大的決心，所以在那之前必須跟你說些什麼，她總是這個樣子，每件事都想要做得完美，毫無縫隙的填滿所有缺口，就連死也是，如果真的是這樣，姊姊好可憐……」欣蕎眼眶含的淚刷然地落下來。

「我到底能為姊姊做些什麼呢？」欣蕎嘆氣。

那……我到底又能為晴蕙做些什麼呢？還是根本就沒必要了？我在心裡自問。

坐在一旁的我雖然表面鎮定但心裡衝擊卻很大，晴蕙的信就像拳賽最後一記決定勝負的鉤拳，深痛的、沉重的一拳，我有點頭暈目眩，視線無法集中起來，在欣蕎的狹小房間內，眼角窗框只能感受到窗外的浮光掠影在我臉龐上留下一閃而逝的痕跡，不，是連痕跡也沒有發生，那些回憶、那些夢境和場景所堆積起來的沙塔瞬間崩塌了，變成扁平的平面，一點起伏也沒有了，是我還期望些什麼嗎？我不禁回想起當初分手時所講的話——

你覺得我們未來……該怎麼做？

我不曉得可否承擔這兩年的分離，什麼事情都可能會發生。

我懂的，如果，分開也是一個選項的話，沒有誰可以阻止誰去按選它。

我真的不曉得這樣是對是錯。

翔哲，沒有對錯喔，如果分開對我們倆都好，那……就讓我來選擇吧。

妳的選擇是？

我想分開對我們倆都好。

我也是一樣想法。

我好像被這三年來所堅持的什麼摑了一巴掌，可是我的感覺還是平的，晴蕙所愛的他也摑了我一巴掌，但我的心跳依然沒有起色，死沉沉的，我想，三年前那是未完成的分手，然而晴蕙的信讓這分手完成了，確定了，法官敲下木槌，OK，判刑確定，晴蕙愛上別人，就這麼簡單，可是這樣的簡單卻一點也不簡單，我就像癱軟在地面上的散沙，到底什麼時候能夠再站起來我都不確定了。

遇見欣蕎後讓我開始正視晴蕙的逝去，但我相信我和晴蕙之間還是有一點點東西存在——我們還是互相相愛，只是現實因素自然分開而已——應該是這樣的，但此封信卻又否定了這一點，那還剩下什麼呢？這逼著我不得不開始正視我和晴蕙之間的關係不再像以往了，回憶就只是單純回憶本身而已，並不拖帶著什麼，那我這三年來的混亂生活又有什麼意義呢？然後從腦海深處浮現出來的露露說：不管你過去深愛過誰，你的本性都不會讓你對誰認真的。我開始自暴自棄，腦袋什麼都不想去想，什麼都無所謂了啊，晴蕙死了，留下的這封信也將最後的一根線給斬斷，什麼都沒了啊，我應該要解脫的不是嗎？可是我卻……我卻默默地流下眼淚，全都消失了，一切的一切都被地平線給吞沒的哀傷逼出了眼淚，退到無路可退，靠近心臟旁的血管好像都被扭曲絞緊般的痛，但是我還是必須努力把情緒藏深，我得快把眼淚擦乾，不想再讓事情變得複雜，也不想再讓欣蕎多想，欣蕎說想回去看姊姊，希望我跟她一起去，我答應了，除此之外我們沒有再多講些什麼，因為我什麼也不想說了。

回到台北後的這個月生活失去原有的秩序，身體機能變得怪怪的，上班的時候我無法集中精神，夜晚又失眠，本來不常喝的黑咖啡一杯杯泡著喝，常常桌上還擺放著喝到一半的咖啡，手中也拿著剛買上來的咖啡，總覺得只有強烈的苦澀能稍微刺激自己，證明自己還活著，經常回家後不想開燈也不想做任何事，一個人坐靠在床邊讓無邊無際的漆黑伴著我發呆，說是不想接觸光線倒不如說是黑暗讓我安心，只有在黑暗的時候連流血都看不見對吧，我坐久了以後身體會開始寒冷並且顫抖起來，那是不管蓋了多厚的棉被也無法止住的沒有盡頭的寒冷，心是空蕩的、緊縮的，在一切事物都把我逼到死路時，寂寞卻如海嘯般掃蕩、擴散，那時的我會非常想做愛，需要女人身體的溫暖，但嘴巴卻無法順利交談，有好幾次打給露露或是接到她的電話都是在沉默中結束……

「喂！你說話啊！我知道你回來了，回來了為什麼不打給我，說話啊！」露露在電話那頭大聲喊著，可是我一句話也說不出口，我充其量就像一隻發了情的野獸而已，不需言語感情，這使我產生了很嚴重的自我厭惡感，露露見我沒有回話後彷彿很用力地把電話給掛斷，我覺得自己像噁心的寄生蟲攀附在宿主身體上，這樣的自我厭惡感就像在過河拆橋，每走一步就用力的把前一步給毀掉，我能想像那毀橋的景象，無法誠實的面對過去的自我，我討厭『他』，極度討厭。

二〇一〇年一月中旬的星期三夜晚，一個街道特別安靜的深夜，我在和平東路上的 Roxy Rocker 裡一邊聽著 Radiohead 的歌一邊默默地喝威士忌兌冰水，暈幻迷濛的燈光，我甚至沒有力氣睜開眼皮就讓它這樣半吊著，冷冷的玻璃杯流下冷冷的汗，我試著撫著自己的胸口，原來心跳還在啊我嘲笑自己，突然間，我極度渴望痛覺，想要那種極為尖銳的痛，可是我看看四周並沒有刀或是尖銳的物品，跟酒保要刀的話也太奇怪了，我不想這種時刻麻煩別人，也不想用酒杯砸自己的頭，那種鈍痛令人發毛，而且力道不夠的話酒杯沒破人都昏倒了，眼前有個杯狀蠟燭，我想也不想本能性的把手掌打開伸到那火焰上烤著，感受那如刀割般的刺痛，有十秒以上吧，可能超過二十秒，鼻間飄過陣陣的肉焦味，我心想，人啊，只不過是一身臭皮囊，只不過是一個載具，一點用也沒有……

「你在幹什麼啊！」有個男人大罵並且狠狠將我的手撥開，粗魯地把我拖去洗手間沖水，當下我還有點生氣，幹嘛啊你，我大喊。

手在離開冷水後刺骨的痛隨之而來，男人和酒保們幫我簡單的包紮，要不要送醫院，酒保問。不用了一點小傷，況且我想跟他聊聊，那男人說。男人將我扛到旁邊的沙發上，這時我的視線才漸漸集中起來，原來他不是別人，他就是阿飛，我跟阿飛先前也很常兩個人單獨來這喝酒，今晚他看起來莫名憔悴，鬍碴爬滿臉，身上也能聞到濃濃的酒味，我沒有見過這麼不修邊幅的阿飛，他發生什麼事呢？我向後躺，視線望向天花板。

「阿飛，你回來了啊，好想念你吶。」

「你他媽的心情悶要喝酒可以找我啊，要不然找女人啊，自己在那邊煮什麼人肉啊，練鐵沙掌喔你。」阿飛打理好一切後又點了一些啤酒和堅果。

「你一個人嗎？阿飛，女人呢？不像你喔。」我突然有點高興，嘻皮笑臉。

「醉漢，拿去冰敷一下手。」阿飛丟了罐冰啤酒給我。

我們各自喝著酒並且抽了一根菸，我握著冰冷的啤酒罐，這樣的疼痛感讓我稍微清醒了點，甚至有些亢奮，我是不是病了呢？

「人啊，在低潮的時候要學著有系統地做一些事情。」阿飛在歌曲間奏時開口。

「例如？」

「就像導演一樣啊，場景一，男主角從對街跑向車站大門發生事件A，女主角出現然後與男主角擁吻；場景二，男配角在火車上惆悵，女配角先不要動靜靜望著窗外，現在把燈打亮，配樂下去，然後哭泣，諸如此類的做一輪。」

「這樣有什麼好處嗎？」

「沒什麼好不好的啊，我的經驗罷了。」阿飛拿起薯條蘸沙嗲醬咬了一口，用紙巾擦嘴的動作很俐落。「只是有很多時候，我會不知不覺把事情做完而且出乎意料的成功喔，所以盡量不要被那些虛無而來的感覺帶著走，生命接下來會走到哪裡誰也不知道，我們人所能掌握的實在少之又少。所以好好的導一場戲吧，不然我們都會變成社會適應不良症的患者喔。」

「我不知道，我現在很混亂。」我雙手捂著臉揉著但仍然揉不去濃濃醉意。

「喂，阿飛，你曾經有過那種被完全否定的感覺嗎？就……好像我是這麼努力的喘氣活到現在了，可是卻被狠狠的打了大耳光並且跟你說你的過去、你的努力、你的一切都是假的、不算數、白費的，我就像一個死人啊，像一個死人……What the fuck……shit……shit。」

阿飛將啤酒清光又開了一瓶，在開瓶的時候叼著菸瞇起眼注視我幾秒。他可能覺得我開始醉言醉語的，所以並不急著回答我問題，他一邊幫我倒酒，一邊好像陷入沉思般聽音樂。

「我經常看見自己的屍體。」阿飛說。

「什麼？」

「我經常作夢看見自己的屍體。」阿飛深深的嘆了口氣。「若雨離開的時候，我也是一個死人了，不管我現在導的戲多成功，仍然沒有任何改變，我什麼都不在乎的喔，甚至現在直接去死也無所謂，我早該結束這一切的了，但為什麼會活到今天我自己也不曉得，你說你很努力，但我想我比你還要努力一百倍以上喔，你的努力根本算不了什麼……算不了什麼。」阿飛將酒瓶拿起來又喝掉一大半，就像馬拉松選手接過水那樣的狂飲。

「雨……什麼，你在說什麼啊？」

「我總是覺得人定勝天。」阿飛不理會我自顧自地苦笑。「真是可笑啊，這人生，想起來都覺得很窩囊，嘿，Chap，你知道嗎，為了她我跑遍半個歐洲啊，連這次出差我也抽時間飛去米蘭，我到底在幹嘛呢，連聖彼得大教堂都在嘲笑我。」

「什麼啊……你在說什麼我不懂，我是在問你，關於被打耳光的這件事，你知道嗎？你有聽進去嗎？」我音量放大的喊著，我心裡一直想著晴蕙和欣蕎的事情，你怎麼被嘲笑關我什麼事呢！突然有點生氣。音樂緩緩飄出門戶樂團——The end。我真的覺得這家店很會挑歌，這首歌讓我的腦袋就像泡了水似的迅速膨脹起來，心跳就有如喘氣的牛一樣快速，胸口發熱，情緒繁亂，阿飛沒有給我回應一直喝酒，歌曲到了後段節奏越來越快，主唱吉姆莫里森突然狂吼，讓我想起電影《現代啟示錄》裡美國大兵在越南那無止盡黑夜中作戰的畫面，絕望、迷茫又充滿諷刺的人性，我抱著頭閉上眼也想要狂吼，我覺得我快要發瘋了。

阿飛突然走過來雙手揪起我的衣領。「Chap，跟我幹一架，揍我。」

「你神經病！」我想要將他的雙手撥開。

「你不揍我，就別怪我了喔。」阿飛的雙手揪著我像鎖一樣牢固，雙眼佈滿血絲。

「你瘋了！」

「揍我！揍我啊！」阿飛大喊。

「幹，你他媽的！」我也大喊，火氣一衝上來我的拳頭就揮了出去。

拳頭擊中阿飛的左臉頰，紮紮實實的，不過那好像打在我的臉上一樣，我真的好像在揍我自己，這一個月我都在幹嘛呢？自從香港之旅以後，自從看過晴蕙的信後，我到底在幹嘛呢？當這個念頭冒出來，我狠狠地舉起拳頭再朝阿飛的右臉頰擊去，心跳蓋過了自己體內的任何聲響，阿飛嘴角微微揚起彷彿在告訴我「這就對了！」然後也揮拳撞了我的臉頰，我推他到對面的沙發上並騎了上去雙手不停揮打，阿飛也一直揪著我互相扭打成一團，酒瓶打翻全都濺到我們倆身上，可是我對阿飛一點恨意也沒有，我是恨我自己，那自我厭惡感源源不絕的冒出來並且集中在拳頭上，阿飛反制將我的手扣住並重重的搥了我的胃部，我跪下來一陣嘔意，但雙手還是不停朝阿飛的腰部揮擊，打鬧聲引起酒保的注意，其中兩名壯碩得像熊一樣的男人從小房間裡出來制止了我們，並且就像黑社會電影演的一樣將我們兩個架了出去丟到和平東路。

「滾，再出現我們就報警！」男人將大門用力甩上。

一陣寂靜，我跟阿飛都坐在人行道上不說話。

「媽的，我第一次看見男人打架打得這麼 Pussy，拳頭那麼沒力。」阿飛嘴角滲著血，一邊撫著腹部一邊咳嗽。

「你的力氣給我搔腳底癢都還不夠，死娘砲。」我的手臂抽筋正劇烈疼痛著。

一秒鐘後，我們癱坐在和平東路的人行道上捧腹大笑，就好像從來沒有這麼開心過的大笑，不過我想我們根本不曉得是為了什麼而笑，而且實際上也帶著淚。

我跟阿飛在人行道上坐了很長一段時間，然後玩了一個被阿飛稱作為「直覺對話」的遊戲，像是我說蘇格蘭草原上的不倒翁，他回答：固執。他說沙漠中的海豚，我回答：愛情，我說馬克思主義炒飯，他回答：貞操帶，他說十二點的玻璃鞋，我回答：詐騙……等等，無厘頭的直覺對話弄得我們捧腹大笑，到目前為止我都還懷念那個遊戲那個夜晚，一切是多麼坦白和隨性，想笑就笑、想哭就哭。我們起身後沿著和平東路蹣跚地走，兩個人好像都沒想過要先回家，雨後的柏油路如金黃色的銀河閃閃發光，行道樹被風一吹就不安份的顫響，雖然路上一個人也沒有，但這城市還是保持著義務性光亮在等待著誰出現，偶爾聽到遠方傳來一閃而逝的引擎聲以及流浪狗漫不經心的走過我們之間，那樹、那招牌、那消防栓、那騎樓底下的摩托車，每一樣都冷冰冰的睡著，不曉得為什麼，看著這些冰冷的靜物，我的心好像一點一滴的鬆開了，竟也漸漸變溫和了，那好像是一種強烈對比將我的心漸漸拉回軌道，你是冷的我該是熱的，你是遠的我該是近的，我只能大概這樣形容，我望著阿飛那平靜又有點哀傷的側臉，心裡覺得他應該也是這樣想的吧。

清醒後已經躺在自家的床上，大概是阿飛送我回來的，畢竟我酒醉後的記憶總是破碎。環視四周，房裡一團亂，微弱晨光從低垂很久的百葉窗縫隙透了進來，電腦桌、茶几、衣物櫃上都堆滿了一整個月的雜物，有塑膠空瓶、咖啡鋁罐、啤酒罐、吃到一半的泡麵碗、沾滿灰塵的襪子、扭曲的菸蒂等等，床面上也堆滿了未洗的衣物，只有在中央勉強清出個空間容納我的身體而已，我起身踢到兩個空酒瓶以及踩到帽子和圍巾才走到浴室，熱水冒出了霧氣我站在洗臉台仔細注視著鏡中的自己，氣色實在相當糟糕，一整個月沒刮的鬍鬚胡亂的生長著，眼睛凹陷，削瘦的臉龐和凸出的臉骨像剛從監獄禁閉室出來的犯人，臉頰、嘴角帶有莫名其妙的傷痕，我想是昨晚打架造成的。

一時之間我還認不太出來自己，不過那的確是我的臉，一陣強大的自我厭惡感又再度襲來，我好像要對抗它似的深呼吸一口氣將整顆頭浸入那已裝滿熱水的槽裡，我憋氣許久，到了要換氣時還是壓著自己，到了因為缺氧而胸腔開始掙扎抖動時還是壓著，到了手腳發軟又嗆到幾口水後才放掉跌坐到地板上，我狼狽的大口呼吸，水珠在我臉龐上往下滑落，此刻那如蛋白一般的光線從浴室方格氣窗像劍一般直直的插進來，瓷磚反射著光亮，周圍景物突然變得清楚鮮明，我開始覺得要做些什麼了，什麼都不做的話就什麼都沒有了，一個人孤伶伶的活在世界上。

我對著那光亮說：「喂，晴蕙，我不能什麼都不做了喔，雖然妳的信讓我很震驚，但是我還得活下去啊，我想，妳把我留了下來並且讓我看見那封信一定有意義在吧，就像父親把我留下來了也有意義在，雖然這真的很難，可是我必須要離開妳了，很抱歉在那個當下我沒有答應給妳專屬位置，對不起，可是我真的該走了，真的……」

我狠狠的洗了一個熱水澡也狠狠的哭了一會兒，等情緒稍稍回復後就細心地把鬍子都給刮除乾淨，把音樂轉到綠洲樂團——Wonderwall，然後重複的聽著，好像在對晴蕙作最後的憑弔，我花了一整天整理房子，洗衣服、倒垃圾、洗浴室以及把頭髮剪短把信用卡費用繳清等等，我打了通電話跟 Rainy 約見面的時間，不管如何我想我有任務要完成，首先就是要把大伯的礦石拿給 Rainy，接下來等欣蕎過年的時候回台灣跟她一起去給晴蕙上香，我想到時候就會有答案了，我撫著還隱隱作疼的臉想起昨晚，其實在某個程度上我還滿感謝阿飛的，就好像是狠狠將那個喪志的我打醒一樣，雖然我不曉得是否真的變好了，可是我能感覺的確不一樣了，就像熊冬眠後能自然感覺到春天的來臨而醒來那樣。

跟 Rainy 見面是在一月底寒流降臨時，冰冷的風穿梭撫弄著城市各個角落，將擁抱堆緊在情人之間，將孤單包裹在一個人的厚棉被裡，冬天是適合戀愛也適合分手的季節，互相取暖的愛創造出浪漫的街道夜景，而再也不相見的愛創造出感人落淚的歌曲電影，不同的愛不同的功能。Rainy 頭髮剪得很短，俐落的從頸部斜到耳後，淺藍色羊毛外套裡一樣穿著白T恤以及牛仔褲，眼前的 Rainy 像持著劍英風凜凜趕來搭救公主的騎士。

Rainy 倒了半杯康尼馬拉給我，冰塊匡啷的響著，一樣點燃木盒裡的洋金花，外頭的寒冷夾帶細緻的雨水平貼在落地窗面，室內昏黃綺麗的燈光，我好像又回到當初第一次聽 Rainy 講故事的異世界裡，Rainy 在木質地板上放著兔毛毯然後盤腿坐著，我將那盒子慎重的交給她。

「你怎……怎麼會有這個？」Rainy 十分驚訝，整個人都跳了起來。

「我見到妳說的那個老畫家。」

我大致講述了一下這次去香港發生的事，但Rainy似乎已經沒有空聽，她起身從櫃子裡拿出許多小玻璃瓶，裡頭裝有幾種不同顏色的液體，然後拿出幾個小方盒子將老畫家的礦石用錘子以及研磨機器加工，費了好多功夫開始像在做調色的工作。

「你找到我要的東西了，真是謝謝你。」Rainy邊動作邊說。「沒有想到竟然讓你遇到他，他過得好嗎?身體還硬朗嗎?」

「還不錯，我看見妳的畫像被掛在他的畫廊裡。」

Rainy看了我一下，然後又轉頭回去調顏色，臉上掛著幸福的微笑。「沒想到這麼久了，他還是一直把那幅畫帶在身邊。」

「所以那礦石是拿來作顏料的嗎?」

Rainy點點頭。「是的，在錫管裝的油畫顏料還未發明之前，大部分古代畫家都是使用天然礦物作色料，調色就用天然的油品，像亞麻仁油、胡桃仁油等等，這樣的顏色最接近原始也最有靈性，而且也能夠保存很久，工業化後的顏料雖然可以大量生產，顏色種類也多，但是易受到光線、溫度、溼氣等等許多環境的影響而使飽和度降低或是變色，總之，這是我找了好久的東西，我突然覺得你好像是古代的使者喔。」

「使者？」

「是啊，具有神聖使命的使者，我不是曾說過，我們之間建立的Circle，也許是你要傳遞些什麼給我，原來就是我最欠缺的東西啊。」

「原來……」我開始感到人與人之間命運連繫的奇妙了。

「不過，你是不是還有什麼事要跟我說呢？」

「妳怎麼知道？」

「因為你很不一樣啊。今天很不一樣，好像換了一個人似的。」Rainy說。

「真的嗎？」我咳幾聲順了順喉嚨，然後整理一下自己的思緒。

「嗯……我只是想坦白聊聊關於晴蕙的事情。」

「喔，你說的是那個後來到英國生活的女孩。」

我搖頭。「不，她很早就過世了，並不是到國外去生活。之前我還無法很順利的整理這段回憶，所以無法開口說，但自從去香港回來發生一些事情後，我覺得必須要找到出口講這件事。」

Rainy繼續做調色的工作邊聽著我說。「我想我能了解，你繼續吧。」

「起點在於晴蕙過世了將近三年半的時間，然後我遇到她的親生妹妹，她叫作欣蕎，會在香港遇到老畫家也是因為她……」

我用了很長的時間將晴蕙的故事以及在香港遇到欣蕎的事情一五一十的告訴 Rainy，她非常認真的聆聽著，說到了解的部分她就點頭，說到不懂的地方就輕聲發問，已經不完全是聆聽而已，而是像在輔助我將故事說出來一樣。說完後我全身沒了力氣靠躺在沙發裡，Rainy 的調色工作也告一段落，她坐回我對面的沙發面對著我。

「還好嗎？」Rainy 問。

「洋金花這次有點濃。」我揉揉眼睛說。

「不，是你的心事太濃吧，抽根菸吧。」Rainy 敬我一根 Salem。

「我想先戒一段時間。」我回拒。

「很好喔，你真的不一樣了呢。」

煙霧穿梭，雨靜靜的落下，在這之間 Rainy 還是以那滿分的表情在抽著菸。

「有一個法國作家寫過一段話：每一個人身上都拖帶著一個世界，由他所見過、愛過的一切所組成的世界，那使他看起來是在另外一個不同的世界裡旅行、生活，但是，他卻仍然不斷地回到他身上所拖帶的那個世界去。」

「身上所拖帶的世界。」我撫著下巴思考著這句話。

「我想，很多時候我們遇見了那個人、那件事，以為自己深受他們影響，所以看起來就好像因為他們而用不同的方式活著一樣，但是其實我們就像回力鏢，雖然往不同方向射了出去，但我們仍然會慢慢地回到原本的自我，所以針對晴蕙去世以及你遇見欣蕎的事，我想可以用這段話來解釋。」Rainy 的聲音很知性。

「所以，我們都被命運給擺弄。」

Rainy 搖搖頭吐出長長的煙。「命運啊，我覺得就像流動的微塵。」

「微塵？」

Rainy 點點頭。「永遠是動態卻又帶有黏性的微塵，被黏上的時候總覺得擺脫不了，然而時光是流動的風，待風一吹來，它馬上又起程到下一個目的地去了，我們並不是什麼都不用做，只是不用去追逐自己的尾巴而繞圈圈，往前走，尾巴自然就跟著你了。」

我沉思一會兒，沒有再繼續問下去，其實生命中太多無以言喻的事物，硬要用公式去勾勒出來形狀我想是不可能的，我也沒有那種完全頓悟的能力，但就像

Rainy所說的，我們都會回到原本身上所拖帶的世界，只要往前走就好了。

「好吧。」Rainy拍了一下手掌。「那我也該將這幅畫完成了。」

Rainy將調色完成的顏料塗在手持調色盤上然後走到我身後那幅神秘的畫，我也好奇的站了起來，一開始還看不太出來畫像裡的人物模樣，在Rainy用新的顏料將畫完成，那顏料果真有畫龍點睛的效果，一瞬間整幅畫該暗的區塊往更深的地方走去，該亮的區塊爆發著鮮明，在深深欣賞這畫的同時我張著嘴簡直不敢置信，畫中的男人穿著灰色V領毛衣，黑色西裝褲，簡短有型的頭髮，單手插著口袋以非常銳利的眼神朝我逼來，散發著獨特的俊秀氣息，有瀟灑、有英氣、有矛盾、有哀傷，我楞楞看著，他是我再也熟悉不過的人，沒錯，他是阿飛。

「Rainy。我……我好像認識這個男人。他……他是不是叫作阿飛。」

過了兩三個小時，一直到Rainy放下畫筆我才吐出這句話。Rainy淡淡的看了我一眼，表情沒有我預期中感到驚訝，好像一副我終於說出口的了然表情，她靜靜的將沙發轉過來面對畫架，示意我坐在她旁邊，我慢慢的坐下來同她一起望著這幅畫。

「沒想到……該來的還是來了，我以為這輩子不會再得知有關他的消息了。我跟你之間的Circle真不是普通的強，重要的人物都被你給遇上了。」Rainy說。

原來，令阿飛崩潰的人應該是Rainy吧，而Rainy卻因為阿飛而活下來，這到底怎麼回事，打從剛剛認出畫中人開始我就感覺渾身不自在，腦海裡所有的人物浮現出來，晴蕙，欣蕎，老畫家，Rainy，阿飛以及我，彷彿有一隻看不見的手將我們環環相扣在一起，這一切的安排到底內含些什麼重要訊息呢？

「阿飛，他一直在找妳，這妳知道嗎？」我問。

Rainy搖頭。「不知道，不過也已經不重要了。」

「我可以幫你們見面的，我想妳一定很想見他吧，要不要我——」

「不，微塵已經飛到別的地方，永遠不會再回來了。」Rainy打斷我的話。「與阿飛之間的種種在我嫁去義大利之後就徹底結束了，他是怎麼樣活在這個世界上跟我一點關係也沒有，請你不要做無謂的舉動，只會造成更大的傷害而已。」

「為什麼，他不是妳唯一活下去的動力嗎？」我感到困惑了。

「是的，但是我跟他就像劇烈地震後改變的景觀，無論再怎麼造橋鋪路，變了就是變了，就算下一個地震來臨也不會再變回原樣，而且，我已經是個不完全的女人了，就算我自私就算他還愛我，我都不能再拖住他，那只會是個災難，你懂嗎？」

我微微的點頭。

「所以，翔哲，我想我們有達成共識吧。」Rainy 再次確認。

「我懂了。」

Rainy 伸了伸背脊，望著阿飛的畫深呼吸了幾次，她的視線一直沒離開過他。

「翔哲，再幫我個忙好嗎？」

「什麼忙？」

「聽我說這段故事，我不曉得以後能不能再有這種機會坦白，但我想試一次。」

「跟我想的一模一樣。」

「那就好。」Rainy 又大大的嘆了口氣。

接下來，Rainy 花了很長的時間將她去義大利之前的故事告訴我，那個是充滿激情以及曲折的青春悲歡交響曲，故事長得幾乎無止盡，我想 Rainy 自己都很訝異能夠如此坦白的說出口，我非常幸運的能夠當這段回憶的小小見證者，很感動也驕傲，不過我只能盡量的把故事仔細的顯示在這裡，沒辦法完美的勾勒當下她說故事時的氛圍（那實在是太夢幻），但我想至少能傳達那個階段她所發生的事情的概要。

之六／阿飛與若雨

Rainy 從小就愛畫畫，十歲的她拿著二十四色的蠟筆在眷村巷弄裡利用磚牆的橘紅當作背景創造出巨幅的畫，當場被剛下班的軍官父親發現帶回去修理了一頓，當時父親根本連看也不看一眼就連忙向鄰居道歉並且把磚牆清洗得一乾二淨，在父親眼中那是小孩隨意的胡亂塗鴉，在 Rainy 眼中爸爸是一個無可救藥的男人，典型的戰後退役軍人，口中還時時咬著反攻大陸不放，自私狂妄又有災難性的潔癖，在 Rainy 三歲的時候就把母親給氣走，離婚時又硬把 Rainy 的監護權搶在手裡，Rainy 吃飯時要坐姿端正，沒有爸爸的口令不能開動，出去外頭玩耍不可把衣服弄髒，否則回到家中就是一頓毒打，早上不能賴床，晚上準時熄燈睡覺，幾近軍事化極度欠缺溫柔的教育讓 Rainy 從小就苦不堪言，她那超齡倔強的個性一次又一次向高大的爸爸挑戰。

隔天，不服氣的她又拿著二十四色蠟筆到外頭作畫，這次她很聰明，選擇了離家距離有些遠的眷村公園地上畫，至少能避開爸爸進入巷弄時被發現。夏日的午後在蔭涼的大樹底下，小小 Rainy 沒有注意時間集中精神的畫著，她心裡只有想著畫以及畫裡不足的地方，像是顏色，從小只有媽媽讓她畫畫，爸爸都說那將來沒辦法用來吃飯，只是一直叫她讀書，雖然 Rainy 不討厭讀書，但對於在小學所教導的東西都幾乎沒興趣，滿腦子所想的只有繪畫而已，她多想擁有多一點色彩，至少不是二十四色，她想要三十六色、七十二色甚至更多更多，多一點顏色這幅畫就能更漂亮了她想。

Rainy 畫好以後竟累得靠在樹幹旁睡著，非常滿足的睡了，此時有另一個小男孩跑進公園玩盪鞦韆，發現地上有一幅漂亮的畫，畫裡有一支巨大漂亮的蕾絲邊雨傘，傘外下著用藍色蠟筆一顆顆繪成的雨水，傘內有小白兔，有黃白相間的貓和松鼠正裹著身體睡著，還有一株株從土地裡長出的奇怪形狀有著綺麗顏色的花朵，都在這漂亮大傘下簇擁著，好像這個大傘在保護著他們似的，表情生動整體構圖的色彩也很美麗。

小男孩深深的被吸引發楞的看著，過了一陣子，他終於發現在樹下睡著的 Rainy，他走向前去靜悄悄的看著熟睡中的 Rainy，白淨的臉龐，精緻的五官，還有因為汗水而黏附在額頭旁邊的黑髮，小男孩的心中漾起了陣陣漣漪，他感到有點害臊，但因為年紀太小不曉得這種感覺是什麼，他蹲坐在 Rainy 旁邊陪著她，因為擔心她著涼，所以將身上的針織薄外套脫了下來蓋在 Rainy 小巧的身體上，那薄外套是外交官外公送給他的昂貴舶來品，小男孩連他的同學想要摸一下都不給，此刻他仔細小心的蓋在 Rainy 身上。

當下小男孩只有一個念頭，就是好好保護這個珍貴的寶物不受別人欺負，昂貴的外套跟 Rainy 比起來簡直是微不足道，Rainy 所散發的光彩在小男孩的眼底是璀璨的銀河。一段時間過去了，遠方的夕陽火紅的展現最後的姿態，光線斜斜的照著他們兩個，Rainy 醒過來，覺得眼前的小男孩似曾相識但還是很陌生，她坐了起來不曉得發生什麼事望著身上的外套發著呆。

「你是誰！」Rainy 轉過頭用銳利的眼神問男孩。

「對……對不起，我……我是阿飛。」

眼前的這個男孩全身穿的都是看起來很高級的衣服，頭髮也被梳理得很好看，高挺的鼻尖以及手上掛著的新潮運動手錶透露著不凡家族的表象，Rainy 身上則是堂姊不穿的二手衣，腳穿的是節儉的爸爸在市場買的兒童布鞋，跟眼前的男孩對比相差很大，爸爸從不買衣服給她，頭髮也是隨便用橡皮筋綁起來，唯一會提供漂亮衣物給Rainy的只有改嫁的媽媽，但送來的東西不是被爸爸給退回就是丟掉，爸爸執拗的個性從不讓女人補給生活所需。

「你為什麼在這邊，在這邊幹什麼？」Rainy把外套掀起抓在她的小手裡，釋出警戒表情。

「我……我只是看妳睡著了，怕妳著涼，所以……對不起。」阿飛說。Rainy見到阿飛溫和的表情，心裡覺得他也不像是壞人，所以將戒心放鬆，這時她看看四周才發現好像超過爸爸的門禁時間，真是糟糕，超過六點回家就要被罰跪了。

「完蛋了！現在幾點？」Rainy看見阿飛手腕上的錶就一把攫過來看，阿飛的手被Rainy握住，一陣心跳，這是阿飛從來沒有過的心情，他從小就被保護得無微不至，爸爸是美術老師，媽媽原本要繼承外交官外公的衣缽要去報考國家考試，但後來與浪漫的美術老師相戀，從此投入教育界，外公也不反對這樁婚事，畢竟男方也是出自名門望族，所以阿飛從小的生長環境非常優渥而且幸福，沒什麼能夠嫌棄的缺點，硬要說的話大概就是因為獨生子而讓他常常覺得孤單吧。

「六點多了。」阿飛說。Rainy失聲尖叫，然後馬上開始收拾散落地面上的蠟筆再用旁邊的水龍頭洗手以及擦拭掉裙邊的髒灰塵，如果不這樣做的話回去就會被打得很慘，阿飛拿出手帕給 Rainy 讓她擦拭著，也一起跪在地上幫 Rainy 撿筆。

「謝謝你，阿飛。可是我要趕快回家了，不然爸爸會罵。」Rainy 握著蠟筆盒著急得有點想哭。

「妳住哪？」阿飛問。

「南七巷。」

「坐我們家的車很快的，不然用走的好遠好遠喔。」

於是阿飛與 Rainy 坐上他們家的豪華轎車，戴著車長帽白手套的司機開門讓 Rainy 上車，這是 Rainy 有始以來覺得自己像個小公主一般，以前她都會作這樣的幻想，不過那都僅止於幻想，現實生活中她必須咬緊牙根才能活得下去。

「對了，妳叫什麼名字？」阿飛面對眼前心目中的公主問。

「我叫作若雨，下雨的雨，大家都叫我小雨，今天謝謝你喔。」Rainy 說。

「不客氣，妳畫的畫好漂亮，我要叫我爸爸來看，他最喜歡畫畫和看畫了。」

「真的嗎，我也很喜歡畫畫。」Rainy 轉頭望向窗外，心裡卻是想著等會兒回家要被打罵而感到不安。

「這支錶送給妳，以後妳就不會忘記時間了。」阿飛珍惜的將手錶拆下來塞到 Rainy 的手中。Rainy 傻住了，她生平第一次收到這麼昂貴的禮物，為什麼這個小男孩要對她這麼好呢，為什麼？她在心裡問。當 Rainy 還在想這個問題時，家就已經到了，Rainy 甚至來不及說聲謝謝就把外套還給阿飛然後跳下車跑回家，留下悵然的阿飛站在巷子口，因為她心裡還不曉得怎麼面對阿飛，還不懂世故，不曉得怎麼回絕人家對她的好意，這樣一來一往，隨風飄揚的命運種子在兩個小心田中慢慢萌芽。

阿飛帶著爸爸來到公園看 Rainy 的畫，他非常震驚，還以為是成年人的作品但竟然是一個十歲小女孩的傑作。後來透過阿飛爸爸在學校的關係很快的找到 Rainy，他大方的送給 Rainy 全新七十二色的蠟筆盒，並且開放學校的畫室讓她作畫，還擔任她的指導老師，Rainy 笑得像小天使一般開心，後來 Rainy 也沒有讓老師失望，參加了縣市比賽獲得頭獎，又在全國小學生繪畫比賽得到第二名，當時第一名還從缺，Rainy 的名氣在小學裡迅速傳開，當時的阿飛也是全校數理資優生第一名，兩個人常常一起上台受獎，Rainy 手腕上一直戴著當初阿飛送給她的錶，這件事一直讓阿飛難忘。

國中時Rainy一樣進入學校美術班，代表學校出去參賽並且獲獎無數，但她的成就並沒有得到爸爸的支持，他在意的還是她的學業成績，還是一樣認為畫畫根本沒有出息，有一次Rainy段考成績考得很差，爸爸一氣之下把她的畫具以及畫筆全部鎖進保險櫃裡，並且將Rainy毒打一頓關進房間要她反省，那晚Rainy第一次有想要蹺家的念頭，她想要離家出走從木柵去板橋找媽媽，媽媽像是一把漂亮的大傘保護著Rainy的幼小心靈，她下定決心了，帶著水壺背包裡面裝了一些餅乾和簡單衣物，晚上從窗戶爬出去，但畢竟她還是個孩子，夜裡走在大街上感到越來越茫然與恐懼。

當時的台北沒有捷運，大眾運輸也不發達，Rainy也不曉得板橋的方向在哪裡，她突然想起阿飛，她找公用電話打給阿飛請求幫忙，阿飛沒有多想非常乾脆就答應了，可是他也不曉得該怎麼做，只想要盡快跟Rainy見面會合，於是兩個人從木柵沿著木柵路旁的河堤不停的走，兩個人身上也沒有錢坐公車和計程車，只能像無頭蒼蠅般的走著，但Rainy身旁有阿飛而感到安心，阿飛也很高興能陪著Rainy，兩人最後當然沒有走到板橋，方向完全相反，由於走得累了體力不支，他們在景美河堤附近的橋下靠在一起聊天，Rainy 雖然累但從沒有像現在這樣快樂，阿飛也沒有像現在一樣感到幸福不孤單。

「我喜歡妳，小雨。」阿飛靠著牆說，前方是一整排路燈所構成的河堤夜景，夏夜的風徐徐吹來，抬頭一望是難得看見的星星，這個時候阿飛的心跳聲蓋過了他自己的聲音。

「嗯。」Rainy 沒有回答，只有將頭靠在阿飛的肩膀上，她其實也喜歡阿飛，但現在腦袋中真的只有畫畫，其他的東西無法裝入，她也不曉得怎麼處理這樣的事情，只好讓一切盡在不言中。

指針稍過凌晨十二點，半夜裡，兩個小孩待在河堤旁實在太醒目了，他們很快就被巡邏警察發現被帶回警察局，雙方家長都緊張的趕到警察局，阿飛很快挺身而出告訴大家是他帶 Rainy 離家出走的，他一心只想要保護她，阿飛的爸爸跟 Rainy 算是師徒所以並沒有多說什麼，但阿飛的媽媽卻責難 Rainy，她認為她家的乖兒子不可能做出這種事，Rainy 的爸爸反擊回去，雙方家長在警察局起了一點小口角，不過很快就平息各自帶回家，只是他們倆分開後就呈現失聯狀態，阿飛被禁足，為了忙升學考試父母不准他有其他娛樂活動，一切等高中聯考後再說，Rainy 也是被父親管得死死的，自從那天以後，Rainy 腦中有了新的想法，與其對抗不如順勢而為，她開始努力的讀書，將腦中想畫畫的念頭壓到最低的極限，她已經決定了，再忍三年，大學時就搬去學校宿舍住開始自立的生活，這樣就不用再依靠家裡可以隨心所欲的畫畫了，她撫摸著手腕上的錶，那支錶的主人成為她唯一的動力。

時光匆匆，以 Rainy 的資質其實讀書對她來說並不困難，她輕鬆地穿上綠制服，幾年後 Rainy 的計劃一一付諸實現，先是考上輔大選填了美術系，而後因為代表學校比賽獲獎讓學雜費全免成為公費生，父親此刻已妥協，自從 Rainy 考上北一女後，父親的管教已經越來越鬆綁，Riany 搬出家裡到學校附近住，大好的人生在她眼前展現開來，她終於可以恣意的揮灑自己的才華。

而阿飛這邊卻鬧出家庭革命，因為當他知道 Rainy 考進輔大，他就為了 Rainy 而選填輔大企管系，當時以他的分數可以上交大電機系可是他卻放棄了，這也是阿飛第一次不跟從爸媽的方向做選擇。進入校園後，Rainy 因為急於想要獨立自主所以拚命的兼差打工，生活在畫室、打工地點以及住處三個地方奔波，幾乎沒有想到阿飛也在這個校園內並渴望與她相逢。

命運乖舛，他們在輔大校園遇見時已經是第二個年頭，Rainy 已經有一個交往的男友，是他們系上從義大利過來的實習老師，老師跟 Rainy 朝夕相處，深知 Rainy 的才能其實遠大於她所想像，而實習老師的繪畫天份也讓 Rainy 深深著迷，當時她心中已經有遠赴義大利尋夢的想法，只是他們的戀情是暗藏在地下見不得光，雙方都知道要是戀情曝光對老師以及她都會有很大的影響，有可能取消公費生資格，有可能老師會受到壓力而回義大利，然而此時會跟阿飛再度相遇實在是預料之外。

長大後的阿飛英挺俊俏，在校園內引起不少女生的注意，也有過交往對象但後來都無疾而終，因為他的心裡一直藏著一場美麗的下雨天，Rainy 和阿飛相見後雙雙都墜入情網，Rainy 的臉貼附在阿飛厚實的胸膛裡像一隻小貓咪似的。

「我會永遠保護著妳的，小雨。」阿飛說。

「嗯。」Rainy 一樣沒有回答什麼，只是將臉塞在阿飛的懷裡，阿飛對她實在太好，好到她什麼都說不出口，包括心裡的另一個他，當然她知道這只是她貪戀阿飛，不願意失去阿飛也無法放棄義大利尋夢的藉口，卻沒有勇氣去做出適當的選擇。

當時沒有劈腿這個名詞，不過 Rainy 的確是腳踏兩條船，這樣的情況維持了兩年多，由於她和老師是地下戀情不能經常單獨在校園附近見面，再加上忙碌的打工生活以及參賽，所以這一切都被隱藏得很好，只有一次約會撞期，不過也被 Rainy 很驚險的排開了，前一晚躺在老師的身旁睡著，隔天又和阿飛牽著手到外地遊玩，Rainy 有個賞識她而且有相同興趣的情人，也有個體貼她照顧她的初戀，Rainy 倘徉在這兩種戀愛當中，幾近貪婪的大玩感情遊戲，這種感官以及心理的刺激竟讓 Rainy 的靈感大增，兩年中她完成了許多幅畫，包括阿飛的畫像，其中一幅以神秘角落為題描畫現今年輕人追求自我同時又放浪形骸的意象，狂放不羈的場所角落裡有一朵鮮嫩的新芽靜靜的伸展，這幅油畫作品獲得國展首獎獎金二十萬元，那年 Rainy 只是個大學剛畢業沒多久的小女生，Rainy 的知名度像坐火箭一般直衝雲霄，有名又有利的她心裡越來越篤定出國的念頭。此時阿飛也剛考上政大的研究所，兩個人的人生簡直可說是前程似錦。

在讀研究所前，阿飛提出一起出國玩的想法，想趁這時候兩個人都有空一起去歐洲走走，Rainy 雖然答應了，但心裡卻在躊躇，因為在這個同時老師向她求婚了，Rainy 雖然說要再考慮，但心中卻是激動不已，因為其實她心裡很清楚，雖然大學畢業就結婚實在太早，但她認為跟誰結婚什麼時候結婚都不是重點，重點是她可不可以完成她的夢想——義大利，Rainy 的夢就是義大利，她愛老師，而且跟老師結婚就等於是定居在義大利，『全世界三分之一的美術品都在義大利』這句話 Rainy 深信不疑而且心神嚮往，那佛羅倫斯大教堂，拉斐爾的大公爵的聖母像，米蘭的布雷拉美術館，聖瑪利亞感恩修道院，達文西的最後的晚餐等等等等，Rainy 幾乎都要放聲尖叫，她把頭轉向另一邊望向阿飛，或許跟他在一起可以過安穩的日子，經濟上無慮，相夫教子，每隔幾年就出國走走，但 Rainy 很快停止了這個想法，殘酷的停止下來，她知道她根本無法過這樣的生活，阿飛實在是太溫柔了，但比起有才華有理想的老師，阿飛的光芒卻實在太暗淡，她閉上眼，對阿飛大聲的說對不起，可是阿飛過去、現在以及未來都不會聽到這三個字。

兩張機票，阿飛在機場殷切盼望著 Rainy 到來，本來 Rainy 跟老師要在前一天就搭飛機到米蘭，她想過這應該是最好的道別方法，什麼都不必說然後消失，因為她根本就無法面對阿飛，這個答應要永遠保護她的傻男孩，結果本來很穩定的機票卻好像宿命性的出錯，飛機整整晚了十二小時才抵達台北，旅行社在前一天就通知他們必須晚一天到機場，Rainy 非常緊張但卻什麼都不能說，阿飛傳來的簡訊「不見不散，我在機場等妳」更讓 Rainy 不安，本來想直接消失關機兩天然後就到了義大利，但現在卻有可能在機場遇到阿飛，這真的是災難，Rainy 很快的整理思緒，阿飛訂的機票是早上，我們的是下午，應該沒有問題，她想以阿飛的個性應該不會傻傻的等下去，這可怕的「應該」只是說服有逃避心理的 Rainy 的藉口，阿飛一直等一直等，他心裡決定不管如何一定要等到 Rainy，那一瞬間，他看見 Rainy 和老師快速的進入大門，他本來很高興的要上前打招呼，可是卻看見他們十指交扣的手，阿飛停下腳步望著他們消失在出境口，其實 Rainy 也有看見阿飛，她用淡棕色的墨鏡遮住半張臉以為遮得住自己，但卻已經遮不掉阿飛破碎的心，Rainy 坐在飛機裡掉下眼淚，淚水一直不停的從眼眶浮出然後落下，老師不曉得發生什麼事只是一直安慰她，還以為她是捨不得台灣這個家，Rainy 卻自始至終什麼都不能說，不能說。

「其實在我踏入出境口的門時，我就後悔了。可是走出佛羅倫斯的車站，看見湛藍無垠的天空，呼吸到藝術的空氣，我又把一切都忘得一乾二淨了，我就是這樣的人，眼裡只有藝術，從那天以後我就再也沒見過阿飛，一晃眼七、八年過去了，當時阿飛那驚恐、迷惑帶著崩潰邊緣的表情卻一直留在我的心底，雖然留著但卻也模糊許多。」Rainy 說。

Rainy 說完時已經非常非常的晚，黑夜團團包圍住我們，雨水仍然不停啪啦啪啦跟窗戶合奏，包著洋金花的木盒上煙霧裊裊，聽著那連綿雨聲好像整個身體就要支離破碎似的，我癱坐在沙發，腦袋裡裝不下更多故事了，我的，Rainy 的，阿飛，欣蕎，晴蕙。所有的人物盤旋環繞在「空」的氛圍中。

「我不是完全的女人了，眼裡只有藝術……我就是這樣的人……不可能了，我無法再跟他見面。」Rainy 喃喃自語，然後將威士忌一飲而盡，音響播放的歌曲換到 Santana——Europa，迷醉的吉他聲環繞包圍著我們，Rainy 很自然的將身體傾斜，頭慢慢躺在我的大腿上，雙手自然環抱著我，Rainy 的背部微微抽動，嗚咽的哭了起來，我低下頭撫著 Rainy 的髮，發現她腦後有許多銀白色髮絲就好像代表她的深沉心事一般黏附其中，Rainy 靜靜的哭泣，我本來想安慰她或是做些什麼，不過我放棄了，如果Rainy能從我這邊得到什麼，就全給她吧，全部給這個騎士公主吧我想，而酒精和洋金花的影響，過了不久我保持著坐姿昏昏的睡著，在夢中我像是化為一個視點，從半空中眺望Rainy的長髮，這個房間裡連空氣都有如遠方風景般擁有強烈的故事性，遙遠模糊可是又很美麗。

隔天在沙發上我睡到中午，落地窗外暈著淡黃色的光影屏幕，雨已經停了，只剩下屋簷邊殘留著雨滴落下的聲音以及聽得很清楚的鳥叫聲，一醒來就覺得今天應該是不錯的星期天。而Rainy已經不見人影，空蕩蕩的房間還留有Rainy高雅的香水味以及昨晚講故事的氣息，矮桌上有一份三明治以及柳澄汁，是蘋果沙拉三明治，我拿起來咬了一口，瞬間突然很想念欣蕎。

不曉得是不是因為昨天跟Rainy深聊的結果，覺得身體好像變得透明，胸腔不自覺想要大大的起伏呼吸，心事這種東西沒有重量和體積，可是卻在全部說出口後變得特別輕鬆，我想這是上帝造人並且給予人們語言能力的重要目的吧，我將餐盤和杯子洗乾淨並且擦乾放進櫥櫃，臨走時把房間大致上整理了一下，我想我會一輩子珍惜這個地方，一個只屬於我和Rainy的異世界，我們的一千零一夜。

之七／人必須找回生命中的主導權

二〇一〇年的二月初，過年的氣氛隨著年紀增長就越顯得冷清，記得小時候在台中鄉下的老舊三合院裡過年，還能跟堂兄妹以及附近鄰居小孩一起玩鞭炮、捉迷藏，一起騎著腳踏車追逐，大人們圍成兩桌開始方城之戰，小孩期待等一下拿到紅包時的份量，圍爐吃飯時旁邊總是擱著發著淡亮光線的小炭火盆，人聲鼎沸好不熱鬧，一切的一切在爺爺去世後，兄弟姊妹因為分遺產鬧得不愉快而分崩離析，而後又因為父親生病讓我更少感受到過年氣氛，雖然如此，人還是非常需要這些節日來團聚，就像情人節以及聖誕節，時間一到，人的心就變得柔軟、脆弱，不管有家人或是沒家人、不管是囚犯還是總統。

這次過年回家才得知叔叔剛出院，病因是急性肝炎，母親在家裡處理他的土地租賃業務而忙進忙出，許久不見，母親髮床已平鋪著一層霜，雖然面容已漸漸顯老，但處理起叔叔的事情時總是精神奕奕的，有時候叫她別忙了過來吃飯，她還是會堅持把事情做到一個段落，母親是一個固執持家的女人，但我能感覺得出她認真處理著叔叔的事務就像深愛著他一樣，這是我在父親還在世時看不到的，這使我對叔叔產生了妒嫉以及厭惡，這是原生出來的抗拒心理，這時我才想到，或許，在我心底有一個城堡，捍衛著父親、捍衛著晴蕙吧。

「我知道你們彼此很陌生，但是其實叔叔很想跟你親近，畢竟他的女兒已經結婚在國外生活，唯一能陪伴在他身邊的也只有我，他也坦承自己在你童年時光裡沒有扮演好一個爸爸的角色，對此他很愧疚的喔。只是你也知道叔叔愛面子都沒有說出口。」母親說。

「媽，我過得很好，而且妳也把爸爸的保險金全數給我，讓我沒有經濟上的困難，對此我已經很感激了，而且我也快三十歲了，實在沒什麼必要現在講這些。」

在一起吃完年夜飯後母親推著我出去外面院子跟叔叔聊天，雖然我總是能跟不熟的女人談天說地，但跟親人卻顯得尷尬許多，在半推半就之後只好屈服。

「翔哲，有菸嘸？」叔叔坐在院子的涼椅上操著台灣國語。

今年冬天的風比往年平靜許多，台中的冬夜裡竟然不會感覺到寒冷，僅有一種秋涼空氣帶著四周的稻草香味傳過來，令人心曠神怡。

「有，但是你這樣還要抽喔，按捺甘厚？」我在他身邊坐下來。

「說實在的，我女兒都沒有這樣關心過我。」叔叔笑了，眼角的皺紋堆起淡淡辛酸，沒想到他的面容竟比之前憔悴許多。點菸後我們兩個靜靜地吐著雲霧。

「真舒服啊，好久沒抽菸了，你阿母都不讓我抽，沒有菸抽的日子真難受，只不過這菸淡了點。」

「有得抽還嫌。」我也點火，叔叔大笑。一種老兵和菜鳥偷閒抽菸的畫面油然而生，我的心情也鬆開許多。

「從這條高速道路往南會經過連綿的山坡，那地方有很多墓仔埔，以前小時候到了清明節就很痛苦，因為要跟著阿公去掃墓。」叔叔指著眼前橫切過山脈的高速道路說。

「掃墓有什麼痛苦的？」

「卡早交通嘸方便啊，嘸親像現在有柏油路，而且都隨便下葬的，阿公的父輩又是三妻四妾，拜完大老婆接下來就要拜二房，二房拜完又要找三房，雜草長得比人還高有時候根本找不到啊，你知道後來都怎麼找到的？」

「怎麼找？」

「因為找得很累，太陽都快下山了。阿公就會不斷地大喊不拜了！大家回家吧！每次這麼一說，馬上就有人找到了喔，很好玩，人啊，出生是個囝仔，老了是個囝仔，一直到死後也是個任性的囝仔，就像捉迷藏一樣，一聽到人家要走了就趕緊跑出來，人都走光了，誰來拜我啊，對吧。」

我笑了。「真好玩。」

「我交代好了，死後就把我的骨灰撒太平洋，隨著暗流我又可以好好到處旅行。我才不當任性的小孩讓人來掃我的墓。我旅行這麼多年去過快要三十個國家讓我悟出個心得，就像日本某個大師說過的，旅行有三個境界，第一個境界就是，在故鄉是故鄉，在異鄉是異鄉；第二個境界，在故鄉是故鄉，在異鄉是故鄉；第三個境界呢，就是無論到什麼地方都感覺是在異鄉。隨時隨地都在旅遊，這才是人生。」語畢，叔叔把煙吐得高高的。我突然感覺到眼前這個熟悉的陌生人其實不是多年來我心中所認為的俗物，到現在我才清楚的看著他那精瘦的臉龐上一對炯炯有神的雙眼，那雙眼看過怎樣的碧海藍天，看過怎樣的綺麗風光，突然覺得自己好渺小，雖然我有一個糟糕的童年，但就在此刻覺得所有的誤會都很幼稚，時間折磨著我們，我想不管人與人之間有多少仇視對立，最後都被時間給收拾掉，被命運給收拾掉，終究歸於塵土，塵土哪裡來的仇恨呢？我凝視遠方，從嘴裡慢慢吐出緩慢的煙霧，胸口有一陣虛無。

「對了，有東西要拿給你，一直忘記，老了真是記性不好呀。」叔叔從外套口袋掏出一個掌心大小的東西放進我手裡，是個類似水滴形狀白色的日本御守，有別於印象中其他一般長方形御守，這真是我看過最特別的形狀，直接讓我聯想到溫熱的淚珠，繫繩處還掛顆小銅鈴，輕輕一晃就放出悅耳的聲響，表面寫著『外宮』兩字。

謝謝。我說。

「去年的熱天，剛好避開參拜高峰期，我和你媽媽造訪日本第一大的伊勢神宮，走在碎石路上發出沙沙的聲響，兩旁都是高聳的千年神木，神社內的巫女靜靜的擦拭著擺滿御守的玻璃櫃，那真是最寧靜的時刻，雖然我去過這麼多國家，都無法像伊勢神宮那樣給我寧靜，那是一種精緻、小巧的寧靜，日本的半島內都有很神奇的地方，像伊勢半島、伊豆半島、三浦半島，以後有機會你都一定要去走走，帶你心愛的人去走走——後來有交女友嗎？」叔叔突然問我。

我搖頭不語。

「卡早我單身的時候啊，天天玩樂，沒埋性的追求自由，這種個性一直到結完婚生下女兒後還是一樣，三天兩頭都在外面流連，最後丟了爛攤子給前妻收，人生啊，該來的還是會來，都是報應。」

「報應？」我問。

「老婆過世，唯一的女兒不諒解我嫁到國外去。其實這一切都是自己造成的，怨不得別人。還好命運讓我認識你媽媽，這是上天最後的悲憫，我會好好珍惜她的。」叔叔嘆了口氣，我不曉得要說什麼所以沉默，但叔叔的話讓我放心。「如果有遇到心愛的人，將這個御守給她吧，希望快點看到你結婚啊。」叔叔將眼神朝向遠方說。是意有所指，還是只是希望拉近我們之間的關係我不清楚，在這個當下，我和叔叔產生了莫名親密的連結感。

□

後來，叔叔不顧醫生的勸阻還是一樣到處出國旅遊，一年後，叔叔因為肝炎惡化轉成猛爆性肝炎又住院，我想，在鬼門關走了一回的他才真正放下過去種種，母親一樣堅毅的陪在叔叔身旁做術後治療，叔叔決定不再四處走，決定留下來在台中跟母親安享晚年，開了一間以旅行者為主題的餐廳還出了旅遊書籍，而他最高興的莫過於我開始叫他爸爸了。

□

大年初六我回到了台北，在跟欣蕎見面的前一天我待在內湖那間不起眼的咖啡廳看著晴蕙的信想了許多事情，這幾個月內的變化太大了，就像這咖啡廳，因為大集團的義式咖啡連鎖店進駐，裝潢也跟以前不一樣，非常氣派豪華，擁有漂亮的大落地窗以及漂亮顏色的木桌椅，就連音樂都了不起的放著義大利歌劇的曲目，而我這幾個月則是遇見了許多人，每個人心中都有一段故事，結果這些故事卻串連在一起，在那之中彷彿都隱含著我的人生，但現實生活並不像電影，可以卡的一聲結束影像或是用音樂來浪漫的結束，生活得延續著直到死亡，每個細節都得被照料，我思考著得到一個結論，那就是……

人必須找回生命中的主導權。

必須有力量的、逼迫的、系統的將屬於自己的主導權找回來，否則人就是傀儡，傀儡就是人。想到這裡，我決定給晴蕙寫一封信，雖然她已經看不到了，這樣的動作可能很多餘，但我卻不得不做，我想這是我的第一步，我翻開《伊豆的舞孃》這本書然後寫了一封長信。

『對死者說話，這種人間的習俗是多麼可悲啊，然而，我不禁想到：人在奔赴冥界之前，必須以陽世好人的姿態生活下去，這種人間的習俗更是可悲。一位哲學家曾經說過：植物的命運和人的命相似，這是一切抒情詩的永恆主題。』

晴蕙：

這是遲來的回信，前面抄寫了一段妳最愛的抒情歌，沒想到若干年後，我想要對妳說的話也都在裡面了，簡直像某種神話故事般的預言。是啊，對死者說話，這種習俗是多麼可悲，我現在只能想像妳已經轉世成為普羅旺斯鄉村裡的一株薰衣草，但因為人類是無比可貴的抒情詩，所以如果我現在能站在那或是面對現在桌上的一盆薰衣草，我也能對妳說話了。跟妳在一起的那幾年，我過得很快樂，這麼說不是為了自我安慰，而是我真的很快樂，妳了解我的生活，了解我從小到大的環境，了解我的喜好，但換過來想，我反倒沒有認真的去了解過妳，我像寄生在珊瑚裡的小丑魚，靠著珊瑚的蔽護生存著，但小丑魚卻一直不了解珊瑚，一直到看完妳的信，我才知道妳也有很脆弱的一面，就像顏色亮麗的玻璃紙，一捏就皺了，碎了，想到這，我就不免想要罵自己，為什麼我如此遲鈍呢？我時常想起妳，每當寂寞難過時我就會拿起妳的信來讀（雖然妳根本就沒打算將信寄出），然後思念妳甚至與妳交談，好像進入某種領域當中，而那領域裡妳是活著的，可是思念最後總是會掉落進一種無比的空洞中，雖然思念像鮮紅的血一般真實，造成很鮮明的疼痛，痛到最後會很茫然，感覺都被虛無的空給吞沒，耳邊彷彿有個聲音在對我說：喂，這裡什麼都沒有啊！我對這樣的空虛毫無抵抗能力。晴蕙，妳沒有錯喔，要得到愛情的滋潤就要有被愛情刺傷的勇氣，我想妳一直都是這樣面對妳和他之間的感情，但不管怎麼費盡心力，人會受傷的時候就是會受傷，而重點在於精神永遠不會死亡，就像我現在正在做的事情，不也是在對我心中的妳說話嗎，妳在寫那封信的時候也是這樣吧。其實我們一直互相連結著，所以我才會在機會如滄海一粟的情況下遇見欣蕎，才會看見那封信，不是嗎？我想這一切都有些什麼意義在，這樣想，生與死的界線就不那麼重要，而妳早已永存我的心中了。

願妳在天堂快快樂樂

翔哲

翌日，與欣蕎約定見面的時間到來了，一大早我準備好信（打算去墓前燒掉），穿著輕便的棉質長袖長褲以及球鞋準備要去接欣蕎，路很熟悉沒有問題，畢竟那過去也留有我許多痕跡，不過卻發生了莫名的事件讓我和欣蕎耽誤將近兩個小時才碰到面，先是我的車子引擎溫度過高牽去車廠檢查，結果水箱故障需要換零件就耗了四十分鐘，後來好不容易要上路時，欣蕎打電話來說媽媽不太舒服要先陪她去附近的醫院，就這樣又耗了快一個小時，幸好在等待的同時停雨了，太陽露出一小角對我們微笑。

晴蕙葬在新店山區的公墓，我們車子鑽進被山包圍的大手後，山路就開始蜿蜒起來，廣泛溫柔的綠穿梭在眼前，而天空上的陽光與陰雲仍然在搏鬥中，車子不斷的前進，擋風玻璃時而被陰影覆蓋時而被陽光穿透，好像任性爭寵的小孩一般，欣蕎將窗戶開了縫，沁人心脾的味道跟著欣蕎的髮香散布在車廂裡，其實今天看到欣蕎的時候心裡有點擔憂，她變得更沉默了，就好像一隻受到驚嚇而心事重重的小貓頭鷹，雖然穿著厚重的排釦大衣但還是能明顯感覺到瘦了許多，原本有健康麥色的皮膚也顯得蒼白，是不是姊姊的事一直纏繞在她的心頭呢？我能感覺到有什麼東西一直在吸取她的養份。

「聽聽歌好嗎？」欣蕎的聲音好細。

「喔……好。」這才發現我們已經沉默好久了。跟欣蕎在一起總是可以很自然的沉默，轉開音樂後傳出來的是一首老歌，坂本洋子——如果可以變成海。

「是這首歌，我好喜歡這部電影呀，海潮之聲，你有看過嗎。」

回想電影畫面的那片海。「當然。」我說。

「對，雖然宮崎駿還有其他有名的電影，但我總覺得這部片是他拍得最好的一部動畫，淡淡的微熱感，喔不是，應該是說恆熱感。」

「是一部結局可能結束可能開始的電影，我很喜歡，海洋般輕鬆的配樂。」

「對呀，你還記得最後月台相遇嗎，我好喜歡月台相遇的場景，男主角在月台另一邊以為女主角上車走了，正感到惋惜，可是女主角沒有坐上電車，站在月台的另一邊撥弄著她的髮，兩個人站在軌道的兩邊相望，然後又有電車穿梭兩個人之間，那畫面，那聲響好棒。」

「時光的聲響。」我脫口而出。

「什麼？」

「喔，沒事。我說那聲音很棒。」我說。「還有，我寫了一封信給晴蕙，打算去那邊燒掉。」

「嗯。」欣蕎點點頭。好像並沒有想要看信的念頭，然後她輕輕閉上眼又沉默了。

我們彼此都知道這是一段很乾的對話，也許我們的心隨著越來越接近晴蕙而緊繃起來。我深呼吸幾口氣，把注意力放在開車上面，進入深山區，外頭的空氣漸漸變冷，欣蕎把窗戶關緊後還是保持閉眼靜坐，路上幾乎沒有車子，就在懷疑這山道是否無止境時，高聳的樹群消失了，視線變寬，陽光也像瀑布一般灑遍下來，眼前是一個被山群圍起來的溪谷，而那些山群也不能叫作山，整個山頭被大片的墳墓給佔領，說是住宅區也不誇張，綠油油有生氣的山被一方方莫名其妙的墓地啃蝕殆盡，山不是山，屋不是屋的感覺，好像整座山也跟著一起死亡了，從遠處望去看得見幾輛車在其中小道裡會車，還有大概是燒金紙的緣故而冒出的煙霧，其實我從小就對這樣的景觀很不以為然，不懂為什麼好好的一座山要變得這副殘破模樣，人類在活著的時候已經大肆破壞環境，死了以後仍然大方的佔據著美好風景，有時候我真搞不太懂，這樣的習俗也只能像叔叔的找墳墓笑話而帶過吧，而現代化的開發，不用說找墳墓了，我想就連寄信都可以寄到吧。

我在入口處附近把車停妥，欣蕎捧著兩束白色小雛菊，然後我們從「新店長樂景觀墓園」的拱門下往裡面走進去，欣蕎說雖然這邊有點偏遠，但他們家世代的祖先都葬在這裡，所以姊姊也很順其自然的「入住」，欣蕎跟管理員詢問了一下後，我們就沿著小道往89號墓地前進，其實沿途的風景很好，雖然離城市並不遠，但看過去那灰色的城市彷彿被遺棄一般侷限在遠方，心裡油然揚起了一股擺脫感，再遠一點地方的溪流因為陽光照射而漾著金光，晴蕙日夜都瞅著這樣美麗的景色吧，靠近晴蕙墓地的小路有點窄，大概只有兩個人身並排那樣寬，欣蕎走在前頭並且勾著我的手，她突然在墓地前停下腳步，好像發現了什麼而停下來。

「怎麼了？」我問。

「不曉得，有人蹲在姊姊的墓前，我不認識的男人。」欣蕎有點害怕。

「我來看看。」我走到前頭，並且牽住欣蕎有點冰冷的手，從一下車到現在我們的手就沒有放開過了，極其自然的。走了幾步我楞住也嚇到了，眼前的男人不是陌生人，他穿著黑色西裝外套，裡面穿著灰色的V領厚毛衣，簡單的西裝褲以及皮鞋，一頭抹著髮蠟有型的髮，眼神哀傷的望著他剛放下的白色百合花。

「阿飛。」我喊了一聲。心中不祥的預感越來越厚實，他慢慢站起來也望向我，然後也順便看看欣蕎，眼神從哀愁轉變成驚恐，雖然在那之中有些不穩定的成份，但不會錯了，他是阿飛。

「Chap，你怎麼會在這？」阿飛的視線不斷的在我以及欣蕎身上跳動，好像同時對我們手牽手的畫面也感到不適應。

我吞了一口口水，喉嚨發出乾乾的聲音甚至有些疼痛，呼吸變得很不順暢，我放開欣蕎的手走近阿飛，看看他再看看方形墓碑上晴蕙清楚的照片，忽然有點暈眩。

「晴蕙……就是你所說的那個學妹，在英國認識的那個？」我嘴裡發出顫抖的聲音。心裡希望他告訴我他不認識，拜託，希望是搞錯了！不可能這麼巧的！我在心裡大喊，可是卻沒有用了。

阿飛嘆口氣點點頭。「沒想到你也認識她。」

沒想到你也認識她……我一時間說不出話來，因為腳軟而跌進旁邊的石椅上然後捏著發疼的太陽穴，原來眼前的阿飛就是讓晴蕙深深愛上的男人，那封信重擊了我，而在這同時，他也是那天晚上在酒吧拉我一把的男人，不只如此，阿飛跟Rainy還有那一層關係，阿飛的出現簡直就像缺角的圓重新合上了。此時一陣風靜靜的吹送過來，站立在一旁的芒草發出清亮的聲響，好像在大方議論這段不可思議的故事。

「怎麼回事?你跟晴蕙之間是什麼關係?」阿飛不解。

「看了或許你就能了解了。」我從口袋中拿出晴蕙寫給我的那封信給阿飛，這同時我也很注意欣蕎，我知道當我拿出那封信給阿飛等同於一個暗號，欣蕎一直在尋找的那男人現在就直直站在眼前，這點我想欣蕎也發現了，欣蕎雙手緊抓著她的棉質長褲到起皺的地步，咬著下唇正瞪視著看信的阿飛，我很擔心她會不會做出什麼事情來，我起身陪到欣蕎的身邊將手掌包覆在她緊握的拳頭上，欣蕎沒有辦法將注意力放到我身上，她微微發抖不斷看望著阿飛，簡直就像獵人遇見獵物一般要把他給看穿了。

除了冷風還有中午的陽光以外就只剩下無盡的沉默。阿飛還在讀著那封信。

那一刻，我覺得我們三人正迷失在一個奇異的房間裡，大家都進來這房間後找不到任何入口以及出口，就連現在我自己回憶起來都覺得有點難以相信，不過那的的確確真實發生了。試想今早陸續發生的怪事，要是車沒有壞，要是欣蕎母親沒有不舒服，我們到達的時間就遠遠跟阿飛相錯而過，再推更遠一點，要是我沒有去香港就不會遇見欣蕎，沒有遇見欣蕎就不會認識老畫家拿到礦石，沒有礦石就不會知道阿飛與Rainy的故事，我不禁想像Rainy的命運微塵的理論，這顆微塵現在落到欣蕎的身上了嗎？但是此刻對我來說，命運就好像一圈相扣起來的鐵鎖，我們三人……不，是這故事中的所有人都被鎖住了，構成一巨大的迴圈，誰也逃不掉。而那一段沉默與其說像一場奇幻電影倒不如說像是一首詞，一首歷經滄桑最後驀然回首，那人卻在燈火闌珊處的詞，我們三個人就那樣動也不動僵了好久，二月的冷風在耳邊吹起時光的聲響，下一刻已無預警襲擊而來了，我們各自想著什麼，也好像各自在等待誰會先動作，我以為會是阿飛，但是當阿飛看完信後抬起頭用滿是歉意的軟弱眼神望向我們時，這好像是一個訊號，這訊號啟動欣蕎走向他……

「為什麼……」欣蕎雙手揪著阿飛。

阿飛楞住了。「怎……怎麼了。」

「為什麼你不等姊姊呢？」欣蕎的聲音有點顫抖，雙手揪得更緊了。

「姊姊？妳是……晴蕙的妹妹？」

「為什麼不等姊姊！為什麼要一聲不響的離開姊姊！她是這麼的愛你啊！你不曉得姊姊是多麼脆弱嗎！你好過份！你太過份了！！！」欣蕎的情緒爆發，雙手不停在阿飛胸口搥打發生乾乾沉悶的聲音，阿飛眼神像空空的蛋殼，任憑欣蕎一再的重搥他，我想要阻止，但阿飛卻對我搖搖頭示意我不用插手，彷彿在告訴我「讓她發洩吧，是我的錯，對不起」那樣。

「為什麼……你為什麼要離開！」欣蕎的力氣慢慢用盡後，雙手抵在阿飛胸前哭了起來，阿飛雙手輕柔的抱住欣蕎，然後輕撫著欣蕎抽顫的背部。

「姊姊很愛你啊……為什麼不解釋清楚再走……有這麼難嗎，你這個懦夫！沒有用……你沒有用！」

「對不起……」阿飛也哽咽地說。欣蕎哭得更大聲了，那樣的哭聲刺酸了我的心。

在雲層縫隙露出來的餘暉照射著我們三人，我在一旁看著他們，這樣的畫面雖然顯得格外哀傷。我思索著所有人的故事，再檢視過去幾年來我所發生的故事，我想，生而為人，辛苦的想掌握眼前的全部，但大部分時間還是被肉眼看不到的東西給綑綁住，妒嫉、後悔、遺憾、憎恨、愛戀、執著、命運的乖戾等等，真正的自我到底剩下什麼呢？我們都是如此渺小，還有什麼不能夠被原諒呢？時間巨人會走進來霸道地處理掉這一切，雖然我還是不同意晴蕙是自殺的，但此刻又有什麼好去議論的呢？這一切冥冥之中難道不是晴蕙安排讓我們全部相遇嗎？看著欣蕎衝向前的動作才明瞭她一直都很心疼姊姊，並且用盡生命的力氣去愛她，我跟她比起來差得太遠了，而晴蕙同樣愛妹妹，所以安排了我們相遇，也安排了我們和阿飛相遇，或許是想讓我們都了解一些什麼，我望向淡淡金色的天空，晴蕙，如果是這樣的話，請妳保佑妳親愛的妹妹。

我走向前輕撫欣蕎的後腦勺，這動作非常自然。

「翔哲，對不起，我真的不知道——」很少看過阿飛這麼慌。

「一切都過去了，我們都是來看看晴蕙的，其他以後再說吧。」我打斷他的話。

「謝謝你。」阿飛支著欣蕎將她放入我懷抱中，我輕輕用面紙擦拭眼前的淚人兒。

「嘿，先坐下來休息好嗎？我先來整理一下，待會我們再好好談談。」我對著欣蕎說。

阿飛和我拿旁邊備好的掃帚掃附近的路面，接著撿拾墓地兩旁的垃圾以及徒手拔掉一些雜草，最後拿抹布用旁邊的水龍頭沾濕擦拭墓碑以及墓前的大理石平台，欣蕎保持姿勢蹲坐在一旁，眼睛無神的望向遠方好像在思考什麼，不時還抽著鼻子。打掃完畢後，我和阿飛也陪在欣蕎的身旁一起安靜下來。

「為什麼呢？」欣蕎先開口。「可以跟我說嗎？為什麼拋下姊姊？」

「欣蕎……還是算了。」我擔心的說，因為很害怕欣蕎再受到什麼刺激。

「不……我想我也必須講一下，這樣比較好。」阿飛打斷我的話。

「不，我想這應該以後再——」

「翔哲，讓阿飛說吧，我沒事。」欣蕎望向我的時候，雙眼微微紅腫。

我嘆口氣。「唉……好吧，如果妳堅持的話。」

阿飛緩了一下，然後就用很深遠的眼神投向天空。

「在英國那時候，晴蕙一開始就對我很主動，可是我的心裡一直有別人，她說她願意陪在我的身邊幫我忘記那個人，不諱言，在畢業Party後我們發生了關係，當時我們都醉得很慘，但事後我並沒有逃避，我想我必須誠實的告訴她我們不可能，因為我從沒有把晴蕙當作一個遊戲，我知道她很認真、很陽光，愛上一個人就會不斷往前衝，可是我已經是個破碎的人了，不完整了，我的心在很早很早之前就有很大的缺口，任誰也彌補不了的，我試想過，如果無法給予晴蕙對等的愛，那我寧願選擇離開，我就是這樣的人。而且，就算可以給，我也不會選擇晴蕙，但是沒想到當我告訴她的時候，她卻反而更為堅定，她就像小太陽一樣在我身邊發光發熱，我也漸漸的被融化，不過我知道融化的只是表面而不是核心，我始終跟她保持距離，況且我也畢業了，待在英國的時間所剩無幾，一直到有一天得知那個人的消息，我慌了手腳，胡亂訂了機票就趕去義大利，雖然最後還是沒找到，而我也不想回英國了，所以在英國的行李也都請搬家公司寄回台灣，我也回到台灣，後來，因為工作忙碌我就再也沒有跟晴蕙聯絡過了，因為這次出差有順道經過英國，所以順便跟久未見面的朋友聯絡才得知這個消息，我真的……沒想到會發生這樣的事情……」阿飛捏了捏鼻梁嘆了一大口氣。我心裡很清楚那個人就是Rainy。

欣蕎若有所思的將雙手交叉在胸前想了一陣子，然後起身走向墓前點了香祭拜，我們站在欣蕎的身後也默默地雙手合十，望著欣蕎那軟弱無力的背影，她心裡一定天人交戰中，一想到這，我的心就好像有細針刺般疼著，可是我到底能做什麼呢?這個命運巨大的圓綑綁住我使我動彈不得，我只能向晴蕙祈求——

「晴蕙，給欣蕎力量走下去吧。」我在心裡默默的唸著。

我將寫給晴蕙的信以及她寫的信折在一起混著紙錢在金屬圓桶裡燒掉，接近中午時分，陽光更灑脫的從天空覆蓋而下，我們三人暫時都沒有說話，一起望著圓桶上舞動的火光和隨之而來繾綣的白煙，白煙啊，請將我的心意帶給晴蕙。圓桶裡的一切慢慢被燃燒殆盡，然而，風仍然是風，城市仍然是城市，雲是雲，陽光是陽光，可是我們三個人的心裡卻產生誰也不知道的變化。

之八／人生最重要的事，一定是和誰相遇

回程的路上，欣蕎雙手交握在排釦大衣前不斷搓動著，面無表情，離開的時候她一句話也說不出來，我想欣蕎不知該如何面對阿飛的愧疚吧，這點我能感覺得出來，欣蕎對姊姊的死比我還要執著許多，可是我卻不知道該怎麼處理這樣的情況，她的沉默卻帶有一種生命力急速下降的感覺，令我十分擔心。

在要離開的時候我偷偷把一個地址抄給阿飛，請他別多問先開車到這裡等我，我心想不管怎樣，我還是要讓 Rainy 和阿飛見面，既然這一切全部都串起來了，讓阿飛與 Rainy 見面彷彿變成我的任務。

「翔哲，剛剛有點情緒失控，對不起，而且，我並不是故意不說話，只是我的腦袋都快糾在一塊了。」在快到欣蕎家的時候，她終於開口了。

「我懂。現在妳要好好照顧妳自己才對。」我說。

「翔哲，失去姊姊，你是不是很難過？」欣蕎問。

「當然，可是我們還是得走下去，我們必須面對未來的道路。」我說。

「那……失去我呢？」

「妳……妳在說什麼啊？」

「你誤會了，我只想要你回答我這個問題而已。失去我，你會難過嗎？還是無所謂呢？」

我抓著方向盤視線避開欣蕎然後沉默不語，這答案我怎能回答得出來。

欣蕎眼神向下墜，好像絕望似的嘆了口氣。「可不可以不要回家，再帶我去一個地方。」

「欣蕎，妳聽我說，我等一下還有一件很重要的事要去做，妳先回家等我，等我回來讓我陪著妳，妳要到哪裡去都可以，好嗎？」我轉過身雙手扶在欣蕎的肩上認真的說著。

欣蕎空洞的眼珠子好深好深，完全透露不出任何訊息。

「答應我，欣蕎。」我又再次確認。

「好。」欣蕎勉強地點頭。我發動車子帶著擔憂往Rainy的住處趕去，欣蕎到底想去哪裡呢？我想我必須快點趕回來。

到Rainy的公寓時已經看見阿飛的黑色BMW停在附近的停車格內，他倚著車門抽菸，完全不曉得接下來會發生什麼事，管理員一見到是我就走出來給我鑰匙，說是B棟16樓小姐交代要給我的。她是不是搬走了我問，管理員搖搖頭說不知道，並請我要離開時把鑰匙交還給管理室。阿飛問她是誰。上來就知道了我說。

用鑰匙打開門後，屋子裡空空蕩蕩，那面漂亮的牆還在，但除了主要的系統櫥具、臥室的雙人床、大型衣櫃原封不動的放著，其他的傢俱都消失了，外頭金黃色光線恣意的穿梭照亮整個屋子，我們走進畫室，裡面擺著兩幅畫，是我所熟悉的兩幅畫，一幅是我的畫像，一幅則是阿飛的畫像，兩幅畫並列站著都沒有蓋上布，有一方白色信封以及一個白色的方形盒子放在阿飛畫架前，信封上面沒有任何署名，兩件物品就像寓言故事中神秘的野獸在森林深處靜靜等待著我們到來，阿飛走向前拿起信封打開抽出裡面的信紙起來讀，但內容似乎沒有寫很多所以很快就讀完了，接下來阿飛把白色方形盒拿起來打開，霎時，阿飛像失去翅膀的鳥頹然坐在木板地上，方形盒子從他的手中掉落喀答一聲敲響地面，信紙也飄然落地，我走到阿飛身旁蹲下，身旁的阿飛失神般望著畫架上的畫，眼淚無聲的滑落下來，這是我第一次看見阿飛掉淚，沒有啜泣聲，沒有表情的哭泣，阿飛很快的把眼淚拭去試圖隱藏自己的狼狽，我沉默的把盒子撿起，裡面是一支白色的運動電子手錶，樣式非常的舊已經失去正常功能，時間好像逃走似的，雖然感覺保存得很好，但仍然擋不住歲月將它泛上了一層舊黃，我一看就明白，這是阿飛第一次送給 Rainy 的手錶吧，我把掉落在地上的信拿起來瞧，裡面是用藍色原子筆寫的簡單兩行字，非常秀氣的筆跡，信後還有一組草寫的英文字母，讀起來不像是英文。

阿飛

人生最重要的事　一定是和誰相遇　即使最終的結果是和他分開

能夠和你相遇　是我這一生當中最重要的事

Un eterno legame　小雨

「你……到底怎麼認識小雨的？」阿飛問。

「這說來話長，我們是在咖啡廳偶遇的。」

我大概解釋了一下和 Rainy 相遇的過程。

「偶遇……我追逐了她十幾年，光是佛羅倫斯我就造訪過兩次了，沒想到你和她卻可以在內湖的咖啡廳偶然相遇，這是什麼命運？哈。」阿飛坐在地板上笑了出來。

我無奈的聳聳肩。

「她看起來如何？」阿飛問。

「非常棒，靈氣逼人，是一個出色的畫家。」

「那就好。」阿飛露出非常欣慰的笑容。

我坐下來陪在阿飛的身邊，回想那天晚上的情景，Rainy 在知道我認識阿飛後應該就做好決定了吧，我閉上眼想像她收拾房間整理行李的情景，是什麼樣的心情讓她這十幾年來都躲避著阿飛，曾經是互相相愛的兩人，曾經都在最初最美的年華裡進入對方的生命中，然而這是怎麼樣的命運，讓兩人相遇卻又讓兩人無法相見，Rainy 的心裡到底怎麼想阿飛的，是從容的放下嗎，是看透一切了嗎，我想不是，我想 Rainy 應該很清楚她無法給阿飛愛所以選擇離開，就像晴蕙無法給我愛所以選擇分手，而我在對欣蕎的愛尚未明確時就進入她的生命並且拖住她，這是何等的自私，但是，誰能告訴我愛又是什麼，像阿飛這樣損耗自己的身心像夸父追日一般追逐，這是愛嗎？像晴蕙燃燒自己散發著小太陽的光芒照耀著阿飛心裡永遠都無法照亮的陰暗角落，這是愛嗎？還是像Rainy不顧一切追求夢想接受老師的求婚並且跟隨到義大利，這是愛嗎？還是像我這樣背負著死去前女友的影子而自私的活在悲傷中驕縱自己的愛，這是愛嗎？我越想頭越痛了起來。

「阿飛，我問你。」我面對著我的畫開口。「到底什麼是愛？」

阿飛沉思了一會，深呼吸一口氣雙手往後撐在地板上。「我想，我也不知道，應該是說，越來越不知道了，活到現在都33歲了，還是無法認真的面對現實，我只知道，在愛的光芒下大家都是盲人，不管你在不在乎這是否就是愛，或是你根本就不需要愛，還是都會被光芒給刺瞎雙眼，十幾年了，你知道我現在心裡在想什麼嗎？」阿飛轉過頭看著我。

「什麼？」

「沒有腳的鳥。」阿飛將白色手錶珍惜地握在手心中。「電影《阿飛正傳》裡的一句話，有一種天生就沒有腳的鳥，每天不停的在空中飛行，累了就在風中睡，醒了又繼續飛，一生當中只會有一次落地的機會，那就是牠死的時候。我想我就是那隻沒有腳的鳥，帶著宿命永遠的追逐下去。」

「為什麼呢？像你這麼優秀的人，你可以用理性控制自己呀，這樣一直追逐有什麼意義？我覺得我們是不是都太感覺行事了。」

「理性控制，哼！這是人類最寒酸的想法，理性讓我25歲拿到雙碩士學位，理性讓我30歲就年薪破兩百萬，理性讓我3年期間就學了四國語言，有誰能夠比我理性呢？那又如何，只是一個沒有靈魂的框架罷了。王爾德說過：The heart was made to be broken，心啊，是用來碎的。赫拉巴爾也說過：我們有如橄欖，唯有被粉碎的時候才得以釋放出精華。你知道，因為天道不仁慈啊。」

「過於喧囂的孤獨。」我想起那本書。

「是的，我現在彷彿也感受到一股過於喧囂的孤獨。」阿飛說，我轉頭和阿飛相視而笑。雖然如此，我自覺無法像阿飛這樣做，心裡對阿飛油然產生敬意。

「所以你接下來打算怎麼做？」我問。

「當然是先把畫偷走再說。畢竟這幅畫我也找了好久，然後，繼續在風中旅行。」

「這樣你能得到什麼呢？」

「我得到我自己。」阿飛說。

「好吧，下次你真的找到Rainy，請記得不要說我帶你來這裡，她會罵我的。」我開玩笑地說。

「不會的，我反而會唸她，竟然找一個年輕小弟來畫裸像，真是成何體統。」阿飛笑開了，我彷佛看見他眼底的堅定，我想阿飛不是沒有腳的鳥，他是一個富有感情的海盜，不管多麼遙不可及，誓必要把寶藏擁進自己懷中的海盜船長，我想那不叫作勇敢去尋愛，而是勇敢的朝自己內心的汪洋破濤前進。

「還有……」阿飛咳了幾聲。「關於晴蕙的事情我想我已經來不及贖罪了，但是活下來的人還得面對現實，這點我想你也同意吧。」

我點點頭。

「你跟欣蕎相處時，心裡會不會有疙瘩？」阿飛說。

「坦白說，我自己也不太清楚。」

阿飛點點頭。「我想我大概了解，我只是想說，現在的她跟當時Rainy離開時的我很像，非常的脆弱、徬徨，你知道嗎，她打我的時候我一點也不感覺到痛，反而很心疼這女孩子，她用盡最後一絲力氣將愛她姊姊的心意表達出來了，如果我沒猜錯的話，我想她現在什麼都沒有了，空了，就像一只玻璃瓶般一摔就碎，不管怎樣，你要好好的注意她。」

「我的確很擔心，但我想欣蕎應該撐得過去。」我說。

「翔哲，兄弟一場，有些話我也就直說了，你很多真正的心意都藏得很深，雖然我不曉得是不是晴蕙的關係，但現在既然晴蕙已經過世，你就不要步我的後途了，面對你該珍惜的人事物，愛上的話就像小男孩一般的愛上吧，其他都不重要，都只是沿途一閃而逝的風景，雖然我這麼說很殘酷，那一閃而逝的風景當然也包括晴蕙。」阿飛語重心長的說。

我很訝異阿飛竟看我看得如此透徹，也從容的道出欣蕎的狀況，這使我更加為欣蕎擔心。

「或許我真的也會在某一處風景停下來，但我會帶著十足把握去珍惜這風景然後永遠停留，你懂吧。Follow your mind！」阿飛說。

「我懂了。」我說。

「那，翔哲，你讓我獨處一會兒吧，我想陪著這幅畫，就算陪一整夜也無所謂。」

「好的，我也必須要去找欣蕎了。」我抓起鑰匙往門口走去。

阿飛叫住我。「嘿，翔哲，關於晴蕙的事情，我真的很抱歉，再怎樣說抱歉都無法表達我的愧疚，看到晴蕙寫給你的那封信時，我真的很難過。」

我點點頭。「我想晴蕙也不想讓你這麼愧疚難過。」

「對了，還有一件事，你能告訴我 Rainy 寫的那組英文字母的意思嗎？」

「那是義大利文，Un eterno legame。」阿飛操著熟練的義大利話。

阿飛停頓了一下然後說：「一生的牽掛。」

「一生的牽掛，這……這就是 Rainy 的愛吧。」我說。

阿飛手抬起來揮了揮。「快去吧，欣蕎可能一直在等著你。」

關上門之前，我從門縫看見坐在地板上的阿飛背影還有那畫像，心中突然澎湃了起來，那是一種面臨偉大而產生的敬畏，一種面臨堅持而產生的憐惜。

「願天下有情人終成眷屬。」我在心裡說。

開車途中廣播飄出的老歌為 Christina Aguilera — Beautiful，我思考著阿飛所說的話，像個小男孩般單純地、不顧一切地愛上，雖然我沒有把握能否突破心裡的關卡，可是心中已經震起洶湧的波浪，我想見到欣蕎、想陪伴在她身邊，這樣的心情已經好久沒有過了，可是，一通電話將我打到了谷底。手機出現未知的號碼，接通後才知道是欣蕎媽媽打來的，她緊張地說欣蕎留下一張字條後就失蹤了，手機也打不通，不曉得該如何是好只能先打給我問問看是否人有在我這裡，當然，人沒有在我這。

「伯母，那字條寫了些什麼？」我問

「她說她要去找藍色蝴蝶，什麼是藍色蝴蝶呢？她怎麼會留下這種字條。」

藍色蝴蝶！？我心裡大吃一驚，想到之前在香港聽欣蕎說的困在礦坑的故事，晴蕙就是為了追逐藍色蝴蝶而誤入礦坑通氣孔的，如果欣蕎真的隻身跑去那礦坑就糟糕了，原來她的家人並不知道這件事，難怪這件事盤旋在晴蕙和欣蕎姊妹倆心中這麼久，我看看手錶，下午2:33，冬天的日落比較快，我要趕在日落之前把欣蕎給找到，大概還有三個小時的時間，算了一下從這裡趕到平溪附近還要再找路，時間真的很趕，我腦袋開始構築路線，因為這要是到了黑夜可就不是開玩笑了。

「伯母請您先別擔心，我先開車四處幫妳找一下，我大概知道有幾個地方欣蕎可能會去，請您安心地等我的消息。」我好說歹說將伯母的情緒安撫下來，聽欣蕎說伯母有輕度憂鬱症，這時候當然不能讓她情緒過度負擔，結束通話後，我想我必須要有個助手幫我先找出正確的位置，當年姊妹倆困在礦坑這麼長的時間一定會有新聞可查，推算了一下時間點我打電話請阿飛幫我查這些資料，阿飛辦事的效率果然極快，不到二十分鐘的時間他透過在新聞媒體界工作的友人幫他查到資料，在民國七十七年到民國八十年之間有很多小孩受困礦坑區域的新聞，而其中只有一則是姊妹倆受困而且雙雙都被救出來，地點是在菁桐礦坑附近的山區，我想應該就是了，阿飛還傳給我 GPS 定位的座標以便我輸入進車內的 GPS 用。

「我現在還不想打草驚蛇，因為也還不確定欣蕎是否在那邊，我六點之前會給你一通電話確認，如果六點之前我沒有打電話給你，有可能我和欣蕎都受困了，也有可能我自己受困，請你報警帶人來這邊找我。」我說。

「我會照辦，還有，我剛剛查到一些礦坑的資料必須要讓你知道一下……」阿飛唸著從網路上找到的資料給我聽。「菁桐煤礦在八〇年代還有些許的產出，因為石油成為主要的能源後，這些舊礦產公司也都一一倒閉了，現在附近大部分都轉變為觀光景點不然就是登山步道，在夏天遊客高峰期，的確有些小孩因為好奇跑入廢坑玩耍而受困的新聞，所以廢坑口早都已經用鐵柵欄封起，附近也會立起閒人勿近的告示牌，以我的判斷，欣蕎應該不會徘徊在坑口附近，我在猜她們姊妹倆小時候掉落的坑洞應該是在礦坑的山坡上方，那裡常常因為地震或是連日的雨水而產生許多坍塌坑洞，不然礦坑的通氣孔太小是容不下人的，你可以循著礦坑上方的登山步道找過去，有比較大的機會可以找到，要小心，礦坑旁的登山步道聽說很危險，大部分都已經年久失修。」

「太謝謝你了，阿飛。」我再次感受到阿飛超群的辦事能力。

「Take care !」

從高速道路下來就進入狹窄的 106 縣道裡，我的心中忐忑不安，試著想像在漆黑狹窄的坑道中辛勞工作的礦工們，他們手握十字鎬不停的在微弱燈光下揮擊，他們的臉、手臂、身體四處被黑炭給沾染，他們的肺也一步一步走向敗死，坑道內暗無天日而且處處瀰漫著沼氣，一不小心擦出火花就會發生爆炸血肉四濺，一想到這就越覺得毛骨悚然，不經意的將車子速度越踩越快，同時我也很後悔沒有回答欣蕎的問題，欣蕎……不就是在等我的答案嗎？「不可以！」我應該要這樣回答欣蕎的，就連失去這兩個字都不可以說，因為我承受不了，我應該要這麼說的，我感到身體有某處正漸漸裂開了，為什麼我總是要做後悔的事情呢？我的雙手緊抓著方向盤到發疼的程度。

車子到達 GPS 定位的地方大約是下午 3:25，還有兩個半小時可以找人，我匆忙的下車往礦坑方向走去，由於遊客大部分集中在菁桐車站附近，靠近礦坑區域就鮮少有人走過來，在這區域裡有一些塌陷的水泥磚造建築物，表面都被厚厚的苔蘚給侵佔了，大概是過去礦工的休息或是用餐的地方吧，這些殘喘的建築物透露著一股歷史哀傷，也散發著那段光榮黑金年代的偉大氣息。我走近廢坑口，在那一旁立著石碑寫著『昭和十二年』，我想起在吳念真電影《多桑》裡那頑固的礦工父親，用他的體力以及傳統精神守護著家庭，但因為不適應時代變遷而處處緬懷過去，那個過去就是日本統治時的昭和年間，電影最後兒子帶著父親的骨灰抵達日本，完成了父親生前的心願，令人唏噓不已，相較於我們現在過著豐衣足食的生活，也不是被外來民族統治，但大部分的人們卻不知道自己為何而生、為何而活，記得看完電影時除了感動外我還感到相當羞愧。在被用重重的柵欄封起的廢坑口旁有一條用石階鋪成的小徑層層疊疊而上，兩旁的羊齒植物以及不知名的野草幾乎就像要吞沒小徑似的兇猛盤踞著，前方所有一切都是未知的，我看向天空，幸好今天難得有陽光，我想進入樹林裡應該不會有太大問題，深呼吸一口氣，我提起膽子撥草而行。

果真如阿飛所說的，易於行走的石階沒有延續很久，在那盡頭是用木頭或木板隨意鋪成的小路，有很多都已經嚴重腐朽，處處都是裂縫和蛀洞，用腳一踩就發出嘎吱嘎吱的聲音，欣蕎真的會到這種地方來嗎？我不禁產生懷疑，我開始大喊欣蕎的名字，在這草叢將近比人高的地方很難有回音，聲音都被綠色植物給吸收了，彷彿有以聲音作為主食的森林精靈正大快朵頤著我喊出的食物。找了將近半個小時還是沒有任何反應，天色漸漸變暗，我也走得越來越深，突然想起欣蕎說的故事，如果這裡真的是當年她們姊妹倆迷路的地方，那我不就是踏在她們兩個走過的路上嗎？我想像兩個小女孩手牽著手在森林裡繞的模樣，身為姊姊的晴蕙為了保護妹妹而勇敢起來的表情，而身為妹妹的欣蕎因為跟姊姊更為親密了而開心的表情，這畫面一浮現，我的心就不停被撞擊而難過起來，我無法想像欣蕎有任何意外，我不想再重蹈覆轍了，停下腳步我雙手合十祈求：「讓我找到欣蕎吧。」

過了一個長長的彎道後殘破的木頭小路到了終點，眼前是一片羊齒草海，陽光從矗立的樹群縫中斜斜地穿插而下，周遭已佈滿黃昏時特有的淡藍色，再不久就要被黑暗給吞沒了，望著這片草海我心生絕望，將近找了一個多小時都沒有任何回應，我該繼續下去嗎，該怎麼辦？我手插入口袋中找尋手機，糟糕，剛才太急忙下車而把手機丟在車裡了，我嘆了口氣又繼續大喊欣蕎的名字，還是沒有回應，時間一點一滴流失，如果欣蕎真的不在這邊，我必須要趕快放棄再去找別的地方，但是又會浪費許多時間，這附近這麼多廢坑區，我該找哪一區呢？到了天黑機會就更渺茫了，心中不由自主的緊張起來，剛剛爬山時滲出的汗水此時像冰滴一樣附著在皮膚上格外覺得寒冷，就在我想要往回走的同時，有一群白色的小蝴蝶從我身後飛過來再從我的右手方搖搖晃晃地穿過去，這時我才發現原來右方的土石道路有段差，朝那段差望下去我看見草叢彷彿有被踩踏過所以根部呈現彎曲的狀態，我心頭一驚，也顧不得那段差有多深就縱身跳了過去，我跌在草堆裡雙手不停的將草撥開，皮膚感受到一陣一陣割裂疼痛，勉強的穿過草堆後前方豁然開朗，我看見一斜坡，那斜坡的草彷彿是因為之前火災燒掉後新生出來的短草，周圍仍然是森林景象，我沿著斜坡一步步往上爬，大概到了一個制高點後我的心跳突然變得好快，幾乎快要喘不過氣來，在那前方站著一個長髮女孩背對著我，她身上穿著的是晴蕙最愛的千鳥紋洋裝，我平撫自己的情緒定睛一看，她纖細的小腿上有一隻青色的蝴蝶刺青，原來，這就是她不常穿裙子的緣故，她真是無時無刻不在懷念著姊姊啊，「欣蕎！！」我大聲的喊，她慢慢的轉過身來，臉色非常憔悴。

「不要過來。」欣蕎揪著胸口的衣領一臉驚恐的說。

「欣蕎，妳聽我說——」

「不，翔哲，你聽我說。」欣蕎打斷我的話。「我找不到那個洞了，我什麼也找不到了，翔哲，你懂嗎？」

「我懂……請妳冷靜一下。」

「我很冷靜，翔哲，你聽我說，你不知道姊姊對我多重要，你不知道，而且，你甚至不懂你對我而言也很重要，你們都不懂，爸媽只會對我冷嘲熱諷，好像我對姊姊的死一點也不在意，還要跟姊姊的前男友混在一起。而你也不了解，你的心裡一直都是姊姊造成的傷口，在香港遇見你，你知道我是多麼的高興，我真的覺得我是全世界最幸運的人，但同時我也感到萬分猶豫。我喜歡你，翔哲，我一直都很喜歡你，從第一眼見到你時就是了，可是我永遠也無法像姊姊一樣讓你愛上，這也沒關係，因為我愛姊姊啊，所以我愛你們，這一切都可以拋棄的。種種情緒在遇見阿飛之前我想我都可以忍耐的，我以為我可以的，可是我還是搞砸了。姊姊愛著他，你愛著姊姊，我又變成了局外人，就像過去在姊姊的生活裡一樣，我一直都是狀況外的人，我好像被打了一巴掌似的疼，什麼也無所謂了啊，你懂嗎……什麼都無所謂了。」欣蕎一連串說出這些話讓我有些反應不過來，甚至有點暈眩，我一句話也說不出口。

原來，我一直都在傷害欣蕎，我想起那個下雨夜在香港所發生的事，頓時我覺得自己殘酷又自私。

「翔哲你回去吧，不要再來找我了，我可以照顧自己的。」欣蕎說完轉身企圖又要往前走。

山區天色已經瀕臨漆黑，不能再讓欣蕎待在這裡了，我的身體不由自主的往前想要去拉住欣蕎，沒想到制高點後是一個陡峭的下坡，欣蕎一掙扎導致我們兩個都往坡道跌落下去，在跌落的過程中欣蕎似乎跟我脫離，在一陣天旋地轉後我的右肩先著地，好像跌入了一個縱向的深洞內。

砰的一聲！漆黑一片。

光線全部消失宛如沉入墨汁之海，伸手不見五指的漆黑，像這樣完全看不到任何東西的時候，根本不知道自己的眼睛是不是張開的，也搞不清楚前後左右，腦袋的思考突然被迫中斷，剩下的只有自己的呼吸聲，我緩慢的起身揉了揉自己的肩膀，幸好沒什麼大礙，我再深呼吸幾口氣，恐懼就有如海嘯般狂掃而來，我到底跌入了什麼地方，欣蕎在哪邊呢？糟糕了，她一定很害怕很緊張，我四處摸索著，現在只能用手來感覺整個坑洞的形狀，這時候深深感覺到人的脆弱，在黑暗中人就像待宰的羔羊，現在如果有什麼能夠靠溫度感知方向的猛獸襲擊而來，我可是一點辦法也沒有。我調整呼吸盡量靠著岩壁走，這坑道似乎是長方形的，而且地面乾燥岩壁也不算潮溼，或許我可以慢慢往上攀爬，現在大概已經超過跟阿飛約的時間點，或許阿飛已經在處理如何營救我們的相關事項了，不要擔心，我告訴自己不要擔心，只有這樣才能消除不斷從心中湧出的恐懼，我突然很佩服當時勇敢的晴蕙，在這種黑暗中，像我這樣的大男人都感受到前所未有的恐懼更何況只有十來歲的小女孩呢。曾經聽心理學家說過，黑暗具有威脅人類特性的能力，甚至會導致人類陷入瘋狂錯亂的狀態，我現在腿部無力，心跳急速，腦部暈眩，黑暗正一步步吞噬著我，我逼自己冷靜，首先要找到欣蕎，這是最重要的，我使力的專注把心定下來開始用聲音尋找欣蕎。

「翔哲，你在哪？」我聽到欣蕎的呼喚。聲音似乎在我的後方，我又慢慢的倒退走回去。

「我的腳踝好像割到了。」欣蕎虛弱的說。

我不斷摸索著岩壁，最後終於碰觸到蹲坐在地上的欣蕎，她抓著我跟我緊緊擁抱在一起，溫熱的擁抱使我的恐懼頓時消失不少。

「對不起，都是我的錯……對不起……我不該跑到這裡來，不該也把你拉下來。」欣蕎不斷的道歉。

「不用擔心，很快就有人會來救我們了。欣蕎，別擔心。」我撫著欣蕎的背說。

「對不起……」

此時萬物俱寂，在黑暗中感受不到任何有生命的東西，我想起常常作到的那個夢，身體突然變得很沉重，恐懼又開始漸漸放大，但是我盡可能的與黑暗搏鬥，因為，這次我不再只有一個人，我有一個想要保護的人。

之九／我不可以失去你，你也不可以失去我

我將外套覆蓋在欣蕎的身上，撕開袖子處理包紮欣蕎腳踝的傷口，由於什麼都看不見，所以光是摸索就花了很大的功夫，我們首先是緊挨著坐，但當我伸出手臂環繞欣蕎的時候，她就很自然滑入我的懷中。我感受著欣蕎的身形以及體溫，聽著她就像小動物一般的呼吸聲，我終於能明白欣蕎與晴蕙當時在深黑中的連結感，我和欣蕎現在彷彿孤獨地浮在宇宙的中心點，上下左右前後全是黑暗只剩下我們，其他什麼都沒有了，我們呼吸同樣的氣息，聆聽同樣的聲音，恐懼同樣的黑暗，我抱得更緊了，這樣互相依存的親密感使得情緒漸漸回穩。

「我覺得，其實妳穿裙子很好看，應該要多穿。」我想這時候應該要說一些話來抑制我狂跳的心。

「我怕你看到小腿上那隻蝴蝶刺青會嚇到。」

「什麼時候刺的呢？」

「三年前在打電話通知你姊姊葬禮日期的那一天，跟你講完電話後，就覺得

自己好像要做些什麼事，那個時候，我真的好累好累，爸媽精神狀況都不是很好，我又要幫忙張羅葬禮的事，精神體力都耗到極限了，想也沒想我就跑去刺青了，雖然我從小怕痛怕得要死，但還是去了。」

「我想，是不是有時候我們會讓自己受點苦來消弭另一個巨大的痛苦，我也曾經做過這樣的事。」我想起用火燒自己的手的那個夜晚。

「你說得對喔，我在刺青的時候的確有感受到這一點，看到蝴蝶飛在我身上的時候，有一種幸好我有做這件事的心情。」

「蝴蝶啊……」我回想那個夢境。「坦白說，我也經常夢到藍色蝴蝶，所以聽妳講到妳和姊姊的故事時，我的確有嚇了一大跳。」

「真的？」

「真的。」我說。「我經常夢到像現在這樣漆黑一片的夢，接著出現白光和晴蕙的臉龐，她問我是否記得她，我回答當然，然後就有一隻很大的藍色蝴蝶從我們之間飛過，每次都這樣的夢，很奇怪，現在我和妳又遇到這樣的狀況，簡直就像在夢裡一樣，有時候我會想，是不是在這一切發生之前都有預兆了呢？」

「好像所有事情都串起來似的。」欣蕎嘆了口氣。那呼吸聲好清晰。

「是的。」我停頓一下，此時欣蕎把頭靠近我的胸口，用側耳聆聽我的心跳。

「我突然想起邱比特與賽姬的故事，那裡頭也有蝴蝶。」我說。

「我知道這個故事。」欣蕎說，她的耳朵冰涼。「這算是希臘神話裡唯一有好結局的愛情故事吧，如果我沒記錯的話，最後賽姬被宙斯加冕為神，跟邱比特永遠在一起了。」

「沒錯，而邱比特的羅馬名字是Eros，意思是『情慾』。賽姬的希臘語意思是『心靈』，同時也是蝴蝶的意思。所以蝴蝶是賽姬的象徵物，如果在西洋藝術品裡看到有著蝴蝶翅膀的美女，通常都是指賽姬。因此邱比特與賽姬的結合，是情慾與心靈的結合，也是最完美的愛情。」

「情慾與心靈……」欣蕎像小孩鑽到棉被裡一樣在我的懷中磨蹭。

此刻盡在不言中，我想起了那晚的性愛，無法言喻的互動、情慾與心靈的結合、蝴蝶在賽姬身旁飛舞、邱比特的定情之吻，黑暗中，一切的一切染有寓意的畫面在眼前展開、跳動，我與欣蕎在這宇宙的中心點融為一體，我在想些什麼都能感覺到她跟我想的一樣，沒有任何心防、沒有任何懷疑、沒有未來與過去，這是兩個人最靠近彼此的一刻，整顆心就像水一般往彼此的身上融散過去。

沉默了一陣子，欣蕎將手慢慢摸索過來伸進衣口平貼在我的胸膛皮膚上，我感受到一種溫柔的呢喃，好像欣蕎的手會唱情歌一般，那呢喃透過手掌直接穿透傳進到我的心深處，使我不再恐懼。

「有感受到嗎？」欣蕎說。

「有。欣蕎妳的手很平靜，很柔和。」我說。

「不，我說的不是這個，請你再用心感受一下。」

我沉默著感受欣蕎的手掌溫度以及手指關節，以一種很信任很放心的態度貼在我的心口上，在黑暗中人的感官能力特別敏銳。

「妳不再害怕了，也希望我不要害怕。」我以一種很本能性的感覺說出口。

「是的，我正是這麼想的喔，不要害怕。」欣蕎說，我好像可以感受到她的笑容。

「也讓我感受你的，好嗎？」欣蕎抓起我的手慢慢穿進她的V形領口平貼在她左側隆起的乳房上。

欣蕎的皮膚微微滲著汗，乳房正一陣一陣起伏呼吸著，在那深處的心跳很規律很安穩，欣蕎是一個活生生的女孩呀，我的手貼在她身上，她緊靠著我，用她的心和身體依賴著我，我也依賴、愛戀著她。

「有感受到什麼嗎？」我說。

「有喔，我不可以失去你，你也不可以失去我。」欣蕎說，在看不見的情況下更能感受她細膩的聲線。

這句話為我的心臟注入溫熱，相較起Rainy、阿飛、我還有晴蕙，或許欣蕎才是受傷最深的人，但她也是感情最為豐富堅強的人，經過了許多事情一直到這瞬間我才真正重新愛上欣蕎，而欣蕎卻是在那個角落堅強等待的人。欣蕎的手掌不斷傳遞溫暖過來，我想，自己到底為何而生、為何而活的問題不就很簡單了嗎，現在、此刻，我就是為了欣蕎而生、為了欣蕎而活的，欣蕎一定也是這樣想，不可能有其他想法了，因為那裡什麼都沒有了啊，我們就是宇宙，宇宙就是我們，我們互相繞著彼此轉的同時，宇宙也就跟著我們而旋轉。

「我也是這麼想。」我說。

「如果我們沒有那種過去，就單純的我和你，會不會好多了呢？」欣蕎問。

「欣蕎，我想，也許在另一個星球上，真的有另外一對男女，完全跟我和妳一模一樣，他們是完美的組合，就像凹凸的拼圖一般合適，他們的過去、現在都沒有任何一道傷痕裂縫的故事，沒有任何一件事需要他們去苦惱，即使是未來也不必，他們只需煩惱今天晚上要吃什麼，煩惱約會時要搭配的衣服，煩惱下一次要到什麼國家旅行，從來就不必擔心個性、感覺，給予或接收、公平不公平、心中的傷痛以及回憶甚至彼此身體的健康程度，因為他們就是天造地設的一對，就連上帝都會為了他們如此合適的感情而掉淚，就連最偉大的詩人都無法描述他們完美的愛情，這樣一來不是輕鬆多了嗎，這樣完美的一對。」我說，手掌感受到欣蕎心跳的快慢起伏，她同時也感受到我的，我們連結在一起。

「是啊，非常完美。什麼都不必煩惱了。」

「遇見妳以後，我也經常會有這種想法，如果沒有那過去，是否就會更好了呢？但是，在這個黑暗中我明白了，其實那一點也不重要，除了我們之外，其他什麼都沒有了，那是個無的世界，無論怎麼喊叫都不會有人理我們的世界，所以所謂完美的我們又有什麼用呢？最重要的不就是現在的我和妳嗎？現在、此刻！」

跟無窮盡的黑暗坦白似乎比現實生活中容易很多，我想。

「謝謝你這麼說，也謝謝你來找我，我很高興。」

我用另一隻手蓋在欣蕎貼在我胸膛的手背上，並且轉頭望向她就好像看得見一般。

「翔哲，我會永遠記得這一刻，永遠永遠……」欣蕎湊了過來，我也知道她正要湊過來。

我們互相碰觸彼此的唇，一瞬間我們好像都看得見了，這是動物性的本能，彼此感受對方的溫熱，臉頰貼著臉頰，探索黑暗中呼吸的來源。

不久，我發現某處正隱隱散發出光線，我朝那光線伸手過去碰到了披在欣蕎身上的外套，光線來源在外套的內袋，我把那東西拿出來，原來是欣蕎大伯送給我的佛珠，更不可思議的事情就是那佛珠正散發著亮眼的螢光綠色，我們都非常訝異，這佛珠最後竟變成了我們的救命工具，好像大伯知道有一天這佛珠會派上用場似的。

我將佛珠拆散，先將一顆往不同方向拋去以便確認附近的地形，佛珠的亮度可以照亮幾乎一個人寬的距離範圍，可以查看是否還有未知的坑洞，我在心裡暗暗向大伯道謝。查看了一下，我非常肯定我們掉落的地方不是坑洞，而是可能因為地震或其他原因而產生類似水溝的狹長裂縫，這樣或許往一個方向一直走就會到達裂縫的終點，那邊應該就可以往上爬了，欣蕎用手尋求似的碰了碰我的手，之後我們就緊握住了，那握手不像兄妹也不是朋友，而是一種戀人的確定感，我們就這樣將佛珠一丟一撿慢慢的往前走，這道裂縫又長又深，感覺似乎不是天然的，也有可能是廢棄的排水溝。

「妳知道嗎，在我找不到妳而感到很絕望的時候，有一群蝴蝶為我指路。」我回憶起那群小蝴蝶。

「蝴蝶？」

「是的，牠們結群飛往妳的方向，這才讓我找到妳。我有向晴蕙祈求喔，祈求她給妳力量、祈求讓我找到妳，或許，姊姊一直在天上看望著妳喔。」我說。

欣蕎沉默了一下。「這麼說真的很奇妙，你送我回到家以後，我在窗台的花盆旁邊也看見一群小蝴蝶，我們家住在三樓，平時不可能有蝴蝶會飛到上面來的，當時，我就打定主意要到這裡來，不管有沒有找到那個洞，我就是想到這裡來。」

「或許，這裡就是當年妳們被困住的地方也說不一定，我們冥冥之中都被牽引到這裡來了。」

如我猜測的一樣，路的盡頭是個上坡，已經明顯看到兩旁裂縫邊緣裸露的樹根了，上面應該就是樹林地，微弱的夜色光線也投進來，我們爬到地面上的時候看見遠方車站以及村落的零星夜景，風徐徐吹來，樹林就發出沙啞的聲響，世界輕輕吹奏時光的聲響。我和欣蕎就地坐在附近的岩石旁望著底下夜景，我們都累了，沒想到重見光明後竟如此疲憊，彷佛黑暗吃走我們的力氣，但也讓我們獲得重生。

「我想……」欣蕎深呼吸一口氣。「讓我們重新認識吧，在這邊分開，然後重新在香港相遇，我想要用一個全新的自己跟你見面。」

「不管在哪裡，我都可以找到妳。」我點點頭。欣蕎回給我一個舒服的笑容並且拉拉我的手。

我跟欣蕎已經密不可分了，彼此互相對望的眼神述說著這樣的信念，到哪裡都是一樣的，不管光明與黑暗，不管故鄉與他鄉……從此刻開始。

我將佛珠散放在我和欣蕎之間的平坦石頭上，此時，一隻漂亮的藍色蝴蝶翩然飛到這些佛珠當中，好像把玩似的在那兒兜圈子，看到這隻蝴蝶我和欣蕎相視會心的一笑，夜晚的風很涼但不至於寒冷，已經很明顯聽到有人在喊叫我們的名字，那聲音越來越靠近，手電筒的光四處漫射，可是我們都很有默契的不想應答，我們想要多保留這一點點的時間，單純的我和妳、妳和我，宇宙的中心，我們想永遠保存下來，當我們再注目到佛珠上面時，藍色蝴蝶已經高高飛起往未知的方向消融在黑夜當中。

The End

後記

「只有文字才能表達黑暗。」我曾經在寂靜黑暗的空間待過，感受過那種未知的恐懼，但是在伸手不見五指的黑暗當中，人可以用心來感受世界、感受自我以及感受那如鎖鏈般的命運，我們不是要逃避它也不是要掙脫它，而是去了解它、順應它，畢竟這是不得不面對現實的世界。

這是三部曲中的最後一部——

自從第一部《愛與，擁有後的遺憾》寫完後，我就抱持著要寫三部曲的心情來繼續下面的作品，想要讓這三部作品各自獨立卻又能隱隱串在一起，但世事難料，這部作品完成後卻覺得無法表達我想要的情感，想調整也不知道如何下手，所以只好讓它靜靜沉澱在書桌的抽屜裡，然後開始著手寫《在世界盡頭，愛你》，後來第二本順利出版，我便開始四處旅行，兜了一圈子後再回來看看抽屜，把這本積了灰塵的稿子拿出來修改，沒想到一修下去就欲罷不能，我不禁要感嘆，這真是一個美麗的等待，沒有這個漫長的等待，我就無法將這部作品呈現給大家，沒有旅行，也不會有這部作品的誕生。同時，這本書我認為是三部曲裡情感描述較為寬闊與堅定的作品，拿來作為三部曲的最後一部，我想也非常適合，修改完以後重看一次，有一種「嗯！就是這樣！」的感覺，那種喜悅很難形容，所以，我必須要感謝很多人。

以下為感謝辭——

謝謝菁桐車站旁放著 The sound of silence 這首歌的小吃店，謝謝把我丟到和平東路上的酒保，謝謝內湖的咖啡廳、香港的淺水灣，謝謝支持我的家人，尤其是那個很想當女主角的妹妹。還有出版社鍾主編，妳的包容讓我一直很任性地走自己的路，感激不盡。最後最後，要給此刻翻到最後一頁的你，故事之路還很漫長，希望你能陪我走下去。

KAI

All about Love / 13

分離，只為與你相遇

國家圖書館出版品預行編目資料
分離，只為與你相遇／KAI 著.
— 初版. — 臺北市： 春天出版國際, 2012.08
面；公分. —（All about Love ；13）
ISBN 978-986-6000-27-0（平裝）
857.7　　　　101011457

ISBN 978-986-6000-27-0
Printed in Taiwan

作　者　KAI
封面設計　克里斯
內頁編排　三石設計
總編輯　莊宜勳
企劃主編　鍾靈

出版者　春天出版國際文化有限公司
地　址　台北市信義區信義路四段458號3樓
電　話　02-7718-0898
傳　真　02-7718-2388
E—mail　frank.spring@msa.hinet.net
網　址　http://www.bookspring.com.tw
部落格　http://blog.pixnet.net/bookspring
郵政帳號　19705538
戶　名　春天出版國際文化有限公司
法律顧問　蕭顯忠律師事務所
出版日期　二〇一二年八月初版一刷
定　價　180元

總經銷　楨德圖書事業有限公司
地　址　台北縣新店市復興路45號3樓
電　話　02-2219-2839
傳　真　02-8667-2510

13

All about Love

13

All about Love